btb

Buch

Ein Haus, ein Pool, eine schöne fremde Frau und ein nicht enden wollender Sommer. Christoph Radke, Anfang 30, hätte es schlechter treffen können. Doch das Haus ist das Haus seiner Eltern in Schwerin, in dem sein Vater nach einem Schlaganfall seit Monaten im Wachkoma liegt. Der Pool ist in die Jahre gekommenen, Baujahr 1974 war er seinerzeit der einzige in der Stadt, steingewordenes Zeichen für die Kraft der gutbürgerlichen Familie, der sozialistischen Tristesse zu trotzen. Und die schöne Fremde ist eigentlich nur als Pflegerin für den Vater angestellt, weil die Mutter im Urlaub ist.

Christoph legt sich an den Pool und wartet ab. Will von der Vergangenheit nichts wissen und wartet auf die Zukunft. Hier will einer seine Ruhe haben und wird sie nicht bekommen. Wer war sein Vater und was wollte er denn vom Dasein? Das Schweigen des Vaters im Leben wie im Sterben wird gebrochen durch einen merkwürdigen Brief aus der Schweiz. Der Sohn ist plötzlich mehr in Bewegung als ihm lieb ist.

Autor

Gregor Sander, geboren 1968 in Schwerin, Ausbildung zum Schlosser und Krankenpfleger, dann Studium der Medizin und Germanistik. Nach dem Besuch der Berliner Journalistenschule lebt er heute als freier Autor in Berlin. 2002 erschien sein Erzählungsband »Ich bin aber hier geboren«.

Gregor Sander

Abwesend

Roman

btb

FSC
Mix
Produktgruppe aus vorbildlich
bewirtschafteten Wäldern und
anderen kontrollierten Herkünften

Zert.-Nr. GFA-COC-1223
www.fsc.org
© 1996 Forest Stewardship Council

Verlagsgruppe Random House FSC-DEU-100
Das FSC-zertifizierte Papier *Munken Print* für dieses Buch
liefert Arctic Paper Munkedals AB, Schweden.

1. Auflage
Genehmigte Taschenbuchausgabe Juni 2009,
btb Verlag in der Verlagsgruppe Random House GmbH, München

Umschlaggestaltung: semper smile München
Umschlagfoto: plainpicture/J.Haas
Druck und Einband: CPI – Clausen & Bosse, Leck
KR · Herstellung: SK
Printed in Germany
ISBN 978-3-442-73832-8

www.btb-verlag.de

1

Ich habe nie daran gedacht, meinen Vater zu töten. Es ist mir in diesen Tagen des vergangenen Sommers nicht in den Sinn gekommen, keine Sekunde lang. Erst meine Mutter führt mir die Möglichkeit vor Augen.

Sie zeigt mir dabei ihre Urlaubsfotos. Es ist später Nachmittag, kurz vor der Dämmerung, die Dunkelheit steht schon im Wald, und eine feuchte Kühle ist zu spüren vom See her. Das Grundstück sieht gut aus, akkurat, man sieht nicht die fehlende Hand meines Vaters. Es sieht auf eine Art sogar eleganter aus als zu der Zeit, in der sich ausschließlich mein Vater um den Garten kümmerte und nicht irgendein Frührentner unter der Aufsicht meiner Mutter. Der Rasen zieht sich kurz geschnitten bis zu der kleinen schulterhohen Mauer, die die Grenze zum Wald markiert. Blüten sind hochgebunden, und die Rabatten an den Rändern erscheinen mir reduziert. In der Mitte leuchtet der Swimmingpool türkis. Das Wasser ist noch nicht abgelassen. Es ist September, wir sitzen an der Südseite des Hauses auf der Terrasse. Die Markise ist heruntergelassen, gelbweiße Streifen über unseren Köpfen.

Sie sieht von einem Foto hoch, das sie und ihre Freundin Kelly vor einer Höhle auf Lanzarote zeigt, und ich denke in diesem Moment gerade darüber nach, wer es wohl geschossen haben mag, dieses Foto. Meine Mutter hat sicher niemanden darum gebeten, jedenfalls kann ich mir das nicht vorstellen. Ich kann mir überhaupt ihre Reisen mit Kelly oder irgendwem nicht vorstellen. Ohne meinen Vater. Sie hat auf diesem Bild einen Strohhut auf, den sie an der Krempe festhält, so als ob ein starker Wind weht. Ihre grauen, leicht welligen Haare sind zu einem

Zopf gebunden, der ihr über die braungebrannten Schultern fällt. Sie sieht klein und schmal aus in Jeans und T-Shirt, kleiner und schmaler, als sie in Wirklichkeit ist, was an Kelly liegt, die auf diesem Foto neben ihr zu sehen ist, groß und wuchtig, man glaubt fast, den mächtigen Busen beben zu sehen, während sie meine Mutter an sich drückt und lacht. Die lächelt nur, und ihr Blick geht links an der Kamera vorbei, so als hätte sie den Fotografen noch kurz zuvor angesehen und jetzt wäre ihr die ganze Sache peinlich. Aber auch sie sieht zufrieden aus auf diesem Bild, glücklich, erholt, entspannt. Vielleicht denkt meine Mutter dies alles auch über sich selbst, als sie mich ansieht und sagt: »Ich dachte, du bringst ihn um.«

Ich weiß sofort, wen sie meint. So überraschend das ist, was sie sagt, es ist doch eindeutig und klar für mich, wovon sie spricht, mit diesem einen Satz und aus dem Nichts heraus, nachdem wir vorher eine halbe Stunde lang über die Kanarischen Inseln geredet haben. Ich sage nichts, und sie legt mir die rechte Hand auf den Arm. Der breite goldene Ehering daran. »Wilhelm 12.11.1960« steht darin. Ich habe es als Kind oft gelesen, wenn sie den Ring ablegte, weil sie abwusch oder die Wäsche machte. Er war groß und schwer, und er bedeutete etwas, das wußte ich schon damals. Sie sagt: »Entschuldige, es ist nicht so gemeint.«

Sie zieht die Hand zurück und schüttelt den Kopf, als würde sie sich über das, was sie gesagt hat, selber wundern. Das ist nicht so, das weiß ich, und so frage ich sie, vielleicht ein wenig um Fassung ringend: »Wie ist es dann gemeint?« Sie sieht mich an und greift nach ihrer Zigarettenschachtel. Langsam klappt sie den Deckel zurück und zieht eine Zigarette heraus, klopft sie auf den Tisch vor sich und sieht auf den Filter. So als müsse sie sich genau überlegen, was jetzt zu sagen ist. Ich kenne dies von unzähligen Zigaretten in den letzten drei Jahrzehnten und warte. Sie zündet sie an und sagt dann, während sie den Rauch ausstößt: »Ich bin noch nicht so oft in den Urlaub gefahren. Und du hast noch nie auf Wilhelm aufpassen müssen bis dahin. Das haben immer Astrid oder Gerd gemacht. Und dann warst du auch so angeschlagen von deiner Sache da in Berlin. Ich lag neben der dicken Kelly auf weißen Laken und mußte mir immer vorstellen, wie du ihn in den Pool kippst. Oder ihm ein Kissen auf das Gesicht drückst. Diese Bilder kamen von ganz allein. Einmal habe ich sogar davon geträumt und bin aufgewacht. Hochgeschreckt. So was passiert mir doch sonst nicht.« Sie zieht noch einmal an der Zigarette und schüttelt dann wieder den Kopf, wie vorher. »Lassen wir es dabei.«

Ich stehe auf und trinke in der Küche ein Glas Wasser. »Lassen wir es dabei.« Mich würde es schon interessieren, warum meine Mutter mir zutraut, meinen eigenen Vater umzubringen. Ob es um Erlösung ging, Erlösung für ihn, und wenn nicht, was sie sonst dazu brachte, mir so etwas zuzutrauen. Durch das Küchenfenster kann ich sie sehen, wie sie sich langsam die Sonnenbrille auf die Nase schiebt, die Hand mit der Zigarette hängt über der Armlehne, und sie sieht in den Garten. Sie kann jetzt Stunden so dasitzen. Die Zigarette würde langsam ausgehen, irgendwann, und sie würde den Stummel erst dann in den Aschenbecher werfen, wenn sie aus diesem tranceartigen Zustand wieder erwacht. Sie raucht ein bis zwei Zigaretten am Tag, solange ich denken kann. Manchmal, bei Festen, etwas mehr, aber eigentlich nur diese ein bis zwei. Nikotin gegen meinen Vater, der dies haßt, und auch wenn er es jetzt kaum noch registriert, raucht meine Mutter weiter. Sie würde es auch abstreiten, daß ihr Mann irgend etwas mit diesen Zigaretten zu tun hat.

Langsam trinke ich noch ein Glas Wasser, spüle es dann aus und stelle es verkehrt herum in das zweite Chrombecken. Es wird dort nicht lange stehen, nichts steht lange dort, meine Mutter wird es später kurz trocknen und dann an den vorgesehenen Platz stellen. Dieses Haus ist sauber. Es glänzt fast von innen. Die Küche ist noch einmal aufgerüstet worden vor fünf Jahren mit neuen Schränken, Spülmaschine, Kühlschrank und so weiter. Dieses Haus steht meinetwegen.

So wurde es mir immer wieder erzählt, dies ist dein Haus, Chris, oder Christoph, je nachdem, wer es sagte, und es sagten alle immer mal wieder. Mein Vater, meine Mutter, meine Schwester, mein Bruder. Es wurde gebaut, weil ich auf die Welt kam, verspätet und nicht geplant.

Bis dahin hatte meine Familie in der Schliemannstraße gewohnt, in einer Dreizimmerwohnung am Rande der Schelfstadt, und ich glaube niemals, daß ich der Grund für diesen Hausbau war, nie und nimmer. Aber ich habe es sehr lange geglaubt.

Ich wurde am 18. Mai 1971 geboren, einem strahlenden Frühlingstag, wie meine Mutter nicht müde wird zu betonen. Auf die Welt gekommen als drittes Kind von Wilhelm und Viktoria Radtke, nicht eingeplant, und vielleicht nur aus Übermut gezeugt, aus Freude über einen Bauplatz am Kalkwerderring im Schloßgarten der Bezirkshauptstadt Schwerin. Mein Vater schaffte es, das Haus an meinem Geburtstag bezugsfertig zu haben, und als meine Mutter eine Woche später mit mir auf dem Arm nach Hause gebracht wurde, hatte er auch den Umzug bewerkstelligt. Ich war ganz in Weiß gekleidet, mein Gesicht war etwas verknautscht, aber ich habe selbstverständlich so ausgesehen, als wäre ich zufrieden.

Der Garten war noch nicht angelegt und auch der Pool

noch nicht gegraben. Mein Vater hatte in zwölf Monaten die Vorteile seines Parteibuchs und die Beziehungen seiner Schwiegereltern genutzt. Er hatte Handwerker bestochen, seine Studenten zu freiwilligen Arbeitseinsätzen bewegen können und die Armaturen im Bad mit Westgeld bezahlt.

Von der kleinen Küche aus kann man hinter der Durchreiche das Eßzimmer sehen, an das sich, von einer Schiebetür getrennt, das Wohnzimmer anschließt, das eigentlich Fernsehzimmer heißen sollte, denn einen anderen Zweck hat es nicht. Beide Zimmer sind vollständig mit Möbeln ausgekleidet, die knapp unter der Fensterbretthöhe an den Wänden stehen. Eine Anfertigung meines Tischleronkels, der für das Furnier amerikanischen Nußbaum nahm. Ich weiß nicht, ob Nußbaumholz in Amerika so aussieht, die Schiebetür ist ein wenig rötlicher als die Möbel. Am Lieferungstag dürften meine Eltern zu einer kleinen Schar von Schwerinern gehört haben, die in angefertigten Möbeln wohnten.

Die Beziehung meiner Eltern begann im strömenden Regen. Auf einem Parkplatz in Dorf Mecklenburg, einem kleinen Kaff zwischen Wismar und Schwerin. Eine Mühle steht dort, die in den sechziger Jahren zu einem Restaurant ausgebaut wurde. Meine Eltern sind nicht besonders sentimental, aber wir haben später oft dort gehalten, wegen des guten Essens in der Bauernstube und wohl auch, weil dieser Ort der Beginn von allem war. Mir gefiel es in Dorf Mecklenburg, weil es ein paar kleine Käfige gab hinter der Mühle, in denen Schweine gehalten wurden, ein alter Bernhardiner und ein Pfau. Wir Kinder konnten dorthin laufen und uns die Tiere ansehen, während die Eltern nach dem Essen einen Kaffee tranken. Hielten wir nicht, so wurde doch, und das wurde nie vergessen, auf der Höhe der Mühle gehupt.

Mein Vater wartete damals auf diesem Parkplatz mit einem Kommilitonen, der meine Mutter kannte und angerufen hatte, mit der Bitte, sie hier abzuholen. Beide waren kurz vor dem Abschluß ihres Bauingenieurstudiums an der Universität Rostock, die später nach dem Tischler und ersten Präsidenten der DDR, Wilhelm Pieck, benannt werden sollte.

Man kann ihr Verhältnis fast auf diesen Abend reduzieren, denke ich. Sie, die ihn abholt, eine Frau Anfang Zwanzig, gutaussehend, mit einem Führerschein in Mecklenburg, 1959. Sie, die dachte: »Was ist denn das für ein Notkonfirmand«, weil er schmal aussah von einer Tbc vor Jahren und das Sakko, das er trug, eine Nummer zu groß war. Und er, der Flüchtlingsjunge aus Pommern, der mitgenommen wurde von diesem Mädchen in eine schmale Gasse in der Schweriner Altstadt, in den Tappenhagen. In ein uraltes Haus, dessen Fassade mit roten Dachziegeln verkleidet war, gegenüber dem Kulissenhaus des Theaters und neben dem Museum. Alles steht hier auf Pfählen, in diesem Teil der Stadt, selbst das Schloß steht auf Pfählen. Er muß reingekommen sein in diese keineswegs luxuriöse Zweizimmerwohnung mit schiefen Fenstern, großer Küche und einem Bad. Es gab noch Mansarden unter dem Dach und eine zweite Wohnung im Erdgeschoß. Einen Garten nach hinten raus mit Hühnern, Kaninchen und Gemüse. Und das Haus gehörte ihnen, das zählte noch 1959, und meine Urgroßmutter hatte es zweimal gekauft in der Inflation. Hatte sich übers Ohr hauen lassen beim ersten Mal, und der Preis stieg in wenigen Wochen um Millionen. Ich bin sicher, daß er auch diese Geschichte gleich am ersten Abend hörte.

Er fand hier das, was ihm fehlte, dort in einer Runde um den Eichentisch in Sesseln und auf Stühlen. Die Urgroßeltern, die Großmutter, die Schwestern meiner Mutter mit ihren Ehemännern, und sogar der verstorbene ältere Bruder meiner Mutter, der Haus- und Geschäftserbe, der beim Baden ertrank im Alter von neunzehn Jahren und heute noch von allen Bubchen genannt wird, saß irgendwie mit am Tisch. Mein Vater war angekommen. Hier gab es eine Familie und Geld oder wenigstens viel zu essen, Autos und ein Ferienhaus in Kühlungsborn an der Ostsee, das Haus im Tappenhagen und die Samenfachhandlung in der Wittenburger Straße. Die Partei, der er ein Jahr zuvor beigetreten war, hatte all dies gebrandmarkt, aber ihm gefiel es, da bin ich sicher.

Also griff er zu, noch an diesem Abend. Nach ein paar Runden Schnaps und Bier trank er Brüderschaft mit meiner Mutter, die sich zierte und ihn nur durch die Zellophanhülle einer Pralinenschachtel küssen wollte. Aber kurz vorher schloß sie die Augen, und er zog die Folie schnell weg und drückte seinen Lippen auf ihre. Das gefiel ihr, auch wenn sie das Gegenteil äußerte.

So war es, und sie schloß die Augen und er eben nicht.

Ich gehe zurück auf die Terrasse und hole meine Mutter aus ihrem Tagtraum mit einer Berührung an der Schulter. Sie lächelt und nimmt die Sonnenbrille ab. »Ich mußte gerade an ein kleines Restaurant im Norden von Lanzarote denken. Das hätte dir gefallen. Direkt am Meer, und Zicklein haben sie serviert, als Spezialität.« Sie wechselt das Thema auf ihre sanfte Art, die Widerspruch nicht zuläßt. Kein Wort mehr von einem absurden Mord an ihrem Ehemann. Letztendlich will sie nicht über meinen Vater sprechen. Ich habe noch nie wirklich mit ihr darüber gesprochen.

Es war Astrid, die mich in Berlin anrief, um mir mitzuteilen, daß mein Vater einen zweiten Schlaganfall bekommen hatte. Drei Jahre nach seiner Emeritierung und ein halbes Jahr nach dem ersten, leichteren. Er war gerade auf dem Wege der Besserung, lief schon wieder durch das Haus und den Garten und versuchte, die leichte halbseitige Lähmung zu bekämpfen oder wenigstens zu überspielen. Er trödelte mit meiner Mutter durch den Tag, und sie brauchte ihn an seine Übungen und Medikamente nicht zu erinnern. Sie planten Urlaubsreisen und seinen Geburtstag, und es sah so aus, als würde es wieder so, wie es war. Fast so. Als hätten sie noch Zeit.

Astrid schnaufte, bevor sie sprach, und weinte, während sie redete. Es war kaum etwas zu verstehen aus dem Gestammel, das sie hervorbrachte, aus all dem »Chris, es ist so schrecklich!«, »Chris, ich glaube es immer noch nicht«.

Astrid ist das älteste Kind, das Wunschkind meiner Eltern. Sie ist zehn Jahre älter als ich, groß und etwas dicklich, wie alle Frauen aus der Familie meiner Mutter, mit Ausnahme meiner Mutter, die durch äußerste Disziplin verhindert, aus dem Leim zu gehen, wie sie sagt. Ich habe mit meiner Schwester wenig zu tun, und zu der Zeit, als sie anrief, wußte ich fast nichts von ihr außer ihren Lebensumständen, etwas über ihren Mann oder die Kinder. Wir hatten uns verloren, seit ich vor über zehn Jahren nach Berlin gezogen war, und es störte mich nicht.

Ich wußte, wie sie am Kalkwerderring zusammensaßen, als der Anruf kam, wie sie um den Eßtisch hockten und meine Mutter dann irgendwann Astrid den Auftrag erteilt hatte, mich zu benachrichtigen. Sie wird dort gesessen haben mit einem Taschentuch in der Hand, sie wird sich zusammengerissen haben und inzwischen auch nicht mehr viel geredet haben. »Wir müssen Christoph anrufen. Astrid, würdest du das bitte tun.«

Meine Mutter war nicht im Haus, als meinen Vater der zweite Schlag traf. Sie fand ihn erst später, blau angelaufen und verkrümmt auf dem Boden des Eßzimmers liegend. Auch das hat sie mir nicht gesagt, ich weiß es von Astrid, die mir, als ich dann sofort anreiste aus Berlin, erzählte, was sie wußte. Was meine Mutter von sich gegeben hatte in der ersten Verwirrung.

Ich nahm sie in den Arm damals, und als ich sie fragte, wie es ihm geht, sah sie mich an und sagte: »Es sieht sehr ernst aus. Wir müssen uns auf alles gefaßt machen.« Ich weiß nicht, ich glaube, sie war auf alles vorbereitet, nur auf das nicht. Nicht auf einen langen Schwebezustand zwischen Leben und Tod. Wir besuchten ihn täglich, und es war schrecklich, ihn daliegen zu sehen. Mit den verschwitzten Haaren, einem Tubus, der ihm aus dem Mund ragte und über den ihm Sauerstoff in die Lungen gepumpt wurde. Er war an verschiedene Geräte angeschlossen und lag im Koma. Seine Lider waren fast immer halb geöffnet, und man konnte seine graublauen Augen sehen. Aber so merkwürdig das vielleicht klingt, es sah aus, als ob er nicht da wäre. Ich meine, als ob seine Seele oder was auch immer unsere Persönlichkeit ausmacht, das was meinen Vater ausgemacht hat, als wäre das nicht mehr da.

Ich blieb drei Tage zu Hause, und ich glaube, das half meiner Mutter. Ich wohnte in meinem alten Zimmer unter dem Dach, und wir verbrachten die Tage miteinander. Frühstückten, gingen in die Stadt, ins Krankenhaus. Sie blieb viele Stunden an seinem Bett und auch meine Schwester saß dort, wenn die Kinder in der Schule waren. Ich hielt es in diesem Krankenhaus nicht sehr lange aus. Mir war es nicht möglich, ihn zu berühren, ich hatte dies kaum getan, als er noch gesund war. Fast konnte ich es nicht denken, und es war mir peinlich, weil mir mein Verhalten so unbeteiligt vorkam. Ich schämte mich für jeden Blick aus dem Fenster. Mit diesen umgehängten Kitteln stand man da und wartete auf etwas, von dem man wußte, daß es nicht passieren würde. Er würde nicht aufwachen und etwas sagen. Es war hoffnungslos. Der Stationsarzt, ein junger, indianisch aussehender Mann mit lackschwarzen Haaren und einer narbigen Haut, benutzte dieses Wort. Er benutzte es gegenteilig und nahm mir doch genau damit alle Hoffnung. »Es ist noch nicht ganz hoffnungslos. Aber große Teile des Gehirns sind schwer geschädigt, und wir können noch nicht exakt sagen, wie sich das auswirkt und ob ihr Mann und Vater das übersteht.«

Meine Mutter redete fast nie über meinen Vater. Sie weinte am ersten Tag mehrfach, einfach so aus dem Nichts heraus, und anfangs ging sie dabei in ihr Schlafzimmer. Aber sie ließ das irgendwann, weinte vor mir, und manchmal registrierte ich es gar nicht, weil sie tonlos weinte. Ton- und regungslos.

Nach drei Tagen machte ich mich aus dem Staub und fuhr zurück nach Berlin. Ich konnte meine Arbeit vorschieben, und fast erschien es mir, als wäre auch meine Mutter froh darüber. »Ja, es muß weitergehen. Ich ruf dich an, wenn es etwas Neues gibt.« Auf der Fahrt im Auto und auch später in Berlin ergriff mich die Situation viel stärker. Ich wollte niemanden sehen und trank allein eine Flasche Wein. Dort hielt ich den Gedanken nicht aus, dort im Abstand von zweihundert Kilometern kam es mir vor, als würde ich die Situation begreifen und auch die Trauer in mir. Wir waren gewarnt gewesen durch den ersten Schlaganfall, aber es sah so aus wie bei allen Krankheiten meiner Eltern in den Jahren zuvor. Machbar, so als würde es ein Danach geben. Selbstverständlich. Und ich konnte mich nicht an dieses Bild im Krankenhaus gewöhnen, an diese halb geöffneten Augen, und mir war nicht klar, wie so etwas wie Abschiednehmen funktionieren sollte.

Meine Mutter schiebt die Urlaubsbilder vor sich zusammen und sieht mich an. »Wann wirst du fahren morgen?« Ich habe das nicht gesagt, daß ich morgen wieder fahre, aber sie weiß, daß ich nur für diese eine Nacht da bin, um nach ihr zu sehen. Hinter uns im Haus liegt mein Vater im elterlichen Schlafzimmer, den Rücken leicht erhöht, in einem Pyjama. Seinen Blick starr auf einen Punkt gerichtet, den niemand sieht, und ich weiß, daß meine Mutter jetzt kurz zu ihm geht und die Nachttischlampe anschaltet, damit er ein Licht hat. Auch wenn er es vielleicht gar nicht braucht und es eher unserer Beruhigung dient. »Ich fahre nach dem Frühstück«, sage ich und gehe mit ihr ins Haus.

2

Ich konnte nicht schlafen in der Nacht, bevor ich damals nach Schwerin fuhr, um auf meinen Vater aufzupassen. Es war heiß, und ich lag in meinem Bett in Berlin und drehte mich im Abstand von wenigen Minuten vom Bauch auf die Seite und wieder zurück. Meine Lust nach Hause zu fahren war gering, und schon bei dem Gedanken, mit meinem Vater zwei Wochen zu verbringen, ohne meine Mutter, wurde ich panisch. Richtiggehend panisch. Ich wollte und konnte ihn nicht waschen, windeln oder füttern.

»Du wirst nicht viel Arbeit mit ihm haben«, hatte meine Mutter gesagt. »Kristina wird in dieser Zeit bei uns wohnen. Sie ist eine ganz wunderbare junge Frau, aus dem Baltikum, ich habe dir von ihr erzählt. Sie wird im Haus wohnen und sich um die Pflege kümmern. Ich möchte nur, daß du da bist, daß jemand, den er kennt, um ihn ist. Der sich mal zu ihm setzt. Ihm was aus der Zeitung vorliest oder etwas erzählt.«

Meine Mutter tat dies tatsächlich, sie setzte sich mehrmals am Tag zu ihm und erzählte ihm Dinge, die sie erlebt hatte, oder las ihm etwas vor. So als würde er sie verstehen und hätte nur eine starke Angina, so stark, daß er ihr nicht antworten konnte. Aber mir erschien das nicht machbar. »Es wird dir auch guttun, mal bei dir rauszukommen. Sonst sitzt du nur da und starrst die Wand an. Ich kenne dich doch. Du brauchst Abstand von allem.«

Abstand. Sie hatte sicher recht, aber ob ich tatsächlich Abstand fand, wenn ich zwei Wochen gemeinsam mit einer Baltin auf die lebende Hülle meines Vaters aufpaßte? Nur sah ich tatsächlich seit Tagen die Wand an oder, besser, an ihr vorbei durch das Fenster über die gegenüberliegenden Dächer. In den Himmel. Ich konnte dies stundenlang tun, besser gesagt, ich konnte nichts anderes tun. Lesen, spazierengehen, mich um eine neue Arbeit kümmern, das ging einfach nicht. Ich stand um elf Uhr auf, frühstückte, las die Zeitung und war danach schon so müde, daß ich sofort wieder ins Bett hätte gehen können. Oder eben am Schreibtisch sitzen und aus dem Fenster starren, auf die Spatzen und Tauben, die sich auf den Dächern zankten, oder auf Flugzeuge, die in Tegel starteten und für einen kurzen Augenblick am Horizont zu sehen waren.

Mein Chef hatte mich entlassen im März. Jetzt war es Juni, und ich hatte das immer noch nicht verarbeitet. Ich wurde damit nicht fertig. Die Situation war neu für mich, ich meine, nicht nur das Entlassensein, auch wie es geschah, daß ich keine Ahnung hatte und es so aus dem Nichts kam. Daß es ungerecht war, auch, sehr wahrscheinlich.

Ich habe am 1.1.1999 im Architekturbüro Lahn begonnen. Ich war 27 Jahre alt, und obwohl der Bauboom in Berlin begann abzuebben, zog mich Klaus Lahn einigen erfahreneren Bewerbern vor. Damals beeindruckte mich das sehr und unterstützte mein noch junges Selbstvertrauen. Heute glaube ich viel eher, daß er einer Intuition folgte und seine Entscheidung nicht hätte erklären können.

Unser erstes Büro lag in der Bülowstraße, dort, wo der U-Bahn-Viadukt einen Bogen macht, in einer alten Möbelfabrik auf dem Hinterhof. Sehr schöne Räume in einem hellen Großraumbüro, in die man mit einem klapperigen, alten Lastenaufzug fuhr. Das Büro hatte gut zu tun, weniger mit Neubauten als mit Umbauten und Altbausanierungen. Klaus hatte eine Anzahl junger Architekten und Zeichner eingestellt, und in den ersten Wochen dachte ich, ich hätte das ganz große Los gezogen.

Klaus Lahn ist ein mittelgroßer Mann mit einem ewig lächelnden Gesicht, lockigen Haaren und einer Nickelbrille. Er fährt tatsächlich einen alten Porsche, hat aber auch noch einen BMW und einen Volvo Kombi für die Familie. Seine Frau besitzt einen Buchladen in Charlottenburg, und seine Kinder Hannah, fünf, und Joel, sieben, sind weizenblond und sehr niedlich. Wenn sie ihn besuchten, dann gingen sie meistens Hand in Hand bis zu Klaus' Schreibtisch, und er nahm sie nacheinander hoch und warf sie einmal in die Luft. Dann stellte er sie wieder ab, so als hätte er sich gestreckt, küßte seine Frau und schien die Kinder bereits vergessen zu haben. Die holten sich in der Zwischenzeit Bonbons von den Sekretärinnen.

Klaus hatte ein Verhältnis mit einer dieser Sekretärinnen, Regine, einer rothaarigen, hageren Person, die nicht nur aussah wie eine Gouvernante, sondern sich auch so benahm. Sie trug gern enganliegende rote Lederjacken oder eine kurze echte Pelzjacke, die an ihr falsch aussah. Sie war zickig und wurde von dem Zeitpunkt an, als sie das Verhältnis mit Klaus begann, unerträglich. Ich glaube, auch für ihn. Er hatte vorher ein Verhältnis mit einer technischen Zeichnerin und mit einer Architektin gehabt. Er hatte immer ein Verhältnis. Außerdem besaß er noch ein Wochenendhaus, spielte Golf, und ich fragte mich wirklich, woher er seine Kondition nahm. Seine Laune war überwiegend gut.

Nach drei Jahren war ich das, was man seine rechte Hand nennt. Er hatte Vertrauen zu mir, und ich hatte sehr schnell gemerkt, wie er den Laden führte. Es gab kein Konzept. Er kaufte wahllos irgendwelche Häuser, weil er glaubte, die renovierten Wohnungen als Eigentumswohnungen teuer verkaufen zu können. Er arbeitete manchmal wissentlich mit Auftraggebern zusammen, die die Handwerker nicht bezahlten, und unsere Angebote unterboten regelmäßig die der Konkurrenz, mit dem Erfolg, daß er des öfteren draufzahlen mußte. Trotzdem ging er nicht pleite. Das war, glaube ich, einer der Punkte, die ich unterschätzt habe. Er war so oft am Abgrund, aber er überstand diese Situationen immer. Auch wenn er hin und wieder seine Gehälter nicht pünktlich zahlte oder Außenstände hatte und sich vor den Gläubigern verleugnen ließ.

Klaus war wie ein Alkoholiker, der nicht sozial abstieg. Das, was immer folgte, normalerweise, passierte bei ihm nicht. Er rappelte sich wieder auf, nie endgültig, aber doch so, daß er weitermachen konnte.

Dann brannte unser Büro ab, und Klaus mietete tatsächlich im Jahre 2001 neue Räume in Wilmersdorf. In der Nähe der Stadtautobahn, dort, wo es wirklich schäbig ist. Die ganze Stadt war fokussiert auf den Ostteil oder eben auf Kreuzberg und Schöneberg, aber wir zogen nach Wilmersdorf.

Das Büro lag über einem Supermarkt, und einer meiner Kollegen, Micha, der mir gegenübersaß, meldete sich ab und zu am Telefon mit »Büro Lahn, Architektur und Wurst«. Es war nicht zum Aushalten. Auch wenn ich inzwischen alle Entwürfe machte und auch die wichtigsten Projekte betreute. Ich wußte, daß Klaus mich brauchte, ich kannte seine Fähigkeiten im Entwerfen. Aber sein einziges Talent, ein Chaos zu regieren, habe ich wohl wirklich unterschätzt.

Er mußte beschlossen haben, daß es Zeit wurde, mich loszuwerden. Ich kann nicht genau sagen, warum. Ein

Jahr zuvor hatte er mich noch zum Teilhaber machen wollen. Was ich selbstverständlich dankend ablehnte. Vielleicht paßte ich nicht mehr in sein Chaos, oder er spürte meine Unzufriedenheit. Daß ich eigentlich etwas anderes wollte. Und nicht wußte, was und wie. Die Zeiten waren schlechter geworden und feste Stellen in einem Büro nicht einfach zu bekommen. Aber ich glaube, ich war nicht mehr bereit, den Laden zu schmeißen und ständig Löcher zu stopfen, die mein Chef erst schaffte.

Er hatte an diesem Morgen schlechte Laune. Das passierte äußerst selten, war aber immer furchterregend. Ich gehörte zu den wenigen Leuten, die er dann noch korrekt behandelte. Ansonsten schrie er bei jeder Kleinigkeit und schmiß tatsächlich Dinge durch das Büro.

Es war auch ein Aktenordner, der durch das Büro flog und rutschend vor meinem Schreibtisch liegenblieb, der seinen letzten Anfall ankündigte. Micha kippelte mit seinem Stuhl und flüsterte: »Let the show begin«, und grinste zu mir rüber. Mir war das im Grunde genommen egal, weil ich diese Ausraster zur Genüge kannte, nur zum einen war ich verkatert vom Abend zuvor, und zum anderen war gerade ein gestandener Klempnermeister am Telefon vor mir in Tränen ausgebrochen, weil einer von Klaus' halblegalen Investoren ihn seit einem halben Jahr nicht bezahlte und wohl auch nicht vorhatte, dies zu tun. »Dann kann ich den Laden hier dichtmachen«, hatte der Mann gesagt. Ein großer, massiger Kerl mit einem rasierten Schädel und einem Ohrring im rechten Ohr. Er hatte diesen Satz gesagt und dann tatsächlich zu weinen angefangen, lautlos, nur unterbrochen von einem Schluchzer, wenn er Luft holte.

Ich ging nach diesem Gespräch zur Kaffeemaschine und mußte dabei an Klaus vorbei, der ein Lehrmädchen anbrüllte. Ihr hatte er auch den Aktenordner aus der Hand gerissen, der vor meinem Schreibtisch gelandet war. Die Kleine weinte ebenfalls, und als Klaus einen seiner Sätze mit einem langgezogenen »Oder was?« beendete, platzte mir der Kragen. Während ich den Kaffee eingoß, sagte ich: »Mensch, hör auf hier rumzuschreien, du Arsch. Sieh lieber zu, daß dein Scheißladen läuft. Sieh lieber zu, daß du nicht dauernd irgendwelche Scheißluden als Auftraggeber anheuerst. Ich möchte für diesen Saftladen wirklich nicht im Knast landen oder in der Spree mit einem Betonsockel um die Füße.«

Ich nahm meine Kaffeetasse und ging zurück an meinen Schreibtisch. Das war nicht das erste Mal, daß ich so mit ihm geredet hatte. Einmal hat er mir direkt danach eine Gehaltserhöhung versprochen, allerdings nie gezahlt. Dieses Mal folgte er mir bis zu meinem Schreibtisch, stützte sich vor mir auf, die Hände umfaßten jeweils eine Kante des Tisches, und er fixierte mich. »Das reicht, mein Freund«, sagte er und grinste. Er bebte immer noch. »Das waren mehr als drei Beleidigungen. Du kannst deine Sachen packen und verschwinden, verstehst du. Du bist gekündigt, fristlos!« Ich habe ihn einfach nicht verstanden oder nicht verstehen wollen, ich glaube, das war der entscheidende Punkt, warum ich so lange nicht damit fertig wurde. Statt dessen sah ich ihn einfach nur an und sagte: »Mensch, leck mich doch am Arsch mit deinen Neurosen. Ich habe wirklich genug zu tun.« Er drehte sich blitzschnell um: »Schreib das bitte alles auf, Regine. Ihr habt es alle gehört«, sagte er und fuhr mit seinem ausgestreckten Zeigefinger durch den Raum. Dann sagte er noch: »Und dann ruf Wagner an, Regine. Der soll das wasserdicht machen.« Wagner war sein Anwalt oder, besser gesagt, sein Schutzengel, der ihn aus vielen seiner hoffnungslos verworrenen Prozesse wieder herausholte. Als der Name fiel, wurde ich zumindest etwas unsicher. Ich nahm meinen Mantel und verließ wortlos das Büro.

Zu Hause schlief ich mich aus, und am Nachmittag rief mich dann Wagner an. Er war freundlich und erklärte mir die Möglichkeit der fristlosen Kündigung bei Beleidigungen. Es stimmte alles, wie ich später von einem befreundeten Juristen erfuhr. Meine Chancen standen schlecht. Wagner bot mir zwei Tage später eine betriebsbedingte Kündigung mit einer sehr kleinen Abfindung an, was ein Zeichen dafür war, daß Klaus sich erstens wieder beruhigt hatte und es zweitens wirklich ernst meinte. Ich willigte ein, um wenigstens Arbeitslosengeld zu beziehen.

Ein Leben ohne eine geregelte Arbeit konnte und wollte ich mir nicht vorstellen. Und vor allem, ich war nicht darauf vorbereitet.

Mein Schlafzimmer lag schattenlos vor mir, ich hatte die Hoffnung aufgegeben, einzuschlafen. Durch das geöffnete Fenster kam kaum ein Luftzug, und selbst wenn, er wäre nicht kühler gewesen als die Luft im Zimmer. Ich setzte mich auf die Bettkante. Die Zionskirche schlug zweimal, das hieß, die schlimmsten Stunden kamen noch.

Ich ging in die Küche, um noch ein Glas Wein zu trinken, riß das Fenster auf und schaute über den Hof in die Dunkelheit. Sechzehn Garagen stehen hier in Hufeisenform, es gibt keine Hinterhäuser in diesem Viertel in der nördlichen Mitte. Blockbebauung aus dem 19. Jahrhundert. Einige rohe Brandmauern sind noch zu sehen. Sonst viel heller neuer Putz. Entlang der Häuserwand und vor den Garagen auf unserem Hof sind auf beiden Seiten kleine Gärten angelegt, jeweils in Wohnzimmergröße.

Ich ließ mich auf einen Stuhl fallen und legte die Füße auf das Fensterbrett. Mein Vater fiel mir wieder ein, in seinem Zimmer, dem elterlichen Schlafzimmer, das jetzt in ein Krankenzimmer umgebaut war, mit Toilettenstuhl, Medikamentenschrank und Tropfständer. Meine Mutter war am Tag der Heimkehr meines Vaters aus dem gemeinsamen Schlafzimmer ausgezogen und schlief seitdem in Astrids Zimmer, das sie mit einigen neuen Möbeln eingerichtet hatte. Klosterhaft spartanisch. Nur ein Bett, eigentlich eher eine Liege, ein kleiner Nachtschrank, beides aus hellem Kiefernholz, ein Stuhl, ein Tisch. Es sah aus wie ein Jugendzimmer aus einem Katalog, jugendlicher, als Astrids Zimmer je ausgesehen hatte.

Es trieb mich aus der Wohnung, also zog ich mich an und ging nicht die Treppen runter auf die Straße, sondern hoch auf das Dach. Der Dachboden war zur Hälfte ausgebaut. Eine kleine Wohnung war hier entstanden mit zwei Zimmern und runden Deckenlichtern, Bullaugen in den Himmel, einer Dachterrasse und einer amerikanischen Küche, so wie die in meinem Elternhaus, nur daß wir damals nicht wußten, daß man solche Küchen so bezeichnet.

Die andere Hälfte des Daches war noch leer und kahl, ohne sicherndes Geländer. Robert lag dort auf einem olivgrünen alten Schlafsack, einen Wassereimer neben sich, in dem Bierbüchsen schwammen. Vermutlich hatte ich gehofft, daß er dort liegen würde.

Wir hatten über die Jahre viel hier gesessen, und es war Robert schwergefallen, die Dachgeschoßwohnung zu bauen, jetzt zögerte er ihre Vermietung hinaus. Seit zwei Monaten stand sie leer, aber er würde sie vermieten, da war ich sicher, das gehörte zu seinem Konzept und war unumgänglich, auch wenn er es dieses Mal gern vermieden hätte.

Ich ließ mich auf das Sofa fallen, das den Sommer über auf dem Dach stand. Der Mond hing zunehmend und noch sehr dünn über der Ruine des Altersheims an der Brunnenstraße. Er beleuchtete die Szenerie spärlich, und so konnte ich nicht sehen, ob Robert wach war oder tatsächlich hier oben schlief.

Noch während ich den Nacken auf der Couchlehne liegen hatte und in die Sterne guckte, beantwortete er diese Frage selbst. »Heiß, oder?« sagte er und stützte sich dann auf seinen linken Arm, steckte sich eine Zigarette in den Mund und zündete sie an. »Ja, heiß«, sagte ich und fischte nach einer Büchse Bier, drückte den Verschluß ein und trank langsam ein paar Züge.

Robert Echterhoff aus Paderborn in Westfalen. Pferdeschädelig, schwerknochig, dünn und manchmal schwer zu verstehen. Ein Freund, mein bester Freund seit zehn Jahren. Der Mond beschien seinen schmalen Kopf, der einen Scheitel hat wie mit der Axt geschlagen. Ich sah jetzt auch, daß er geschlafen haben mußte, denn auf der rechten Gesichtsseite trug er schon eine Falte, die sich senkrecht vom Auge Richtung Mund zog und nur erschien, wenn er schlief.

Dinge, die man weiß, wenn man die Wohnung teilt. Robert und ich hatten fünf Jahre lang in einer Wohnung gelebt in diesem Haus, und bewohnten immer noch das erste Geschoß, nur eben in getrennten Wohnungen.

Irgendwann war er mir in einer Vorlesung aufgefallen, die ich am Anfang meines Studiums mit großem Elan besuchte. Er saß dort in der humorlosen Kleidung der Architekten: schwarze Jeans, weißes Hemd, graues Sakko, und malte mit einem schwarzen Fineliner geometrische

Zeichen auf seinen Notizblock. Auf eine sonderbare Art wirkte er abwesend, altmodisch, was nicht nur an der Kleidung lag. Es war seine ganze Erscheinung von der Frisur bis zur schlechten Haltung, die ihn wie aus einer früheren Zeit erscheinen ließ, vielleicht sogar nur wie aus einem Film über eine frühere Zeit.

Wir wurden Freunde, sehr bald. Im selben Jahr nach Berlin gekommen, wohnten wir weit auseinander in untergemieteten Wohnungen, und soweit ich mich erinnere, haben wir uns auch nur einmal kurz nach einer Vorlesung miteinander unterhalten. Aber ich ging eines Nachts durch die Oranienburger Straße nach Hause. Die Gegend war noch wirklich heruntergekommen, und das Tacheles wirkte wie ein hohler Zahn, in dem sich alle möglichen Geister eingenistet hatten und sich schweißend und hämmernd als Künstler ausgaben. Gegenüber standen auf der kleinen Verkehrsinsel ein Kiosk und zwei Dönerbuden, wovon man in einer sitzen konnte, was keiner tat, da man sonst vor seinem eigenen Bild gesessen hätte, weil die Wand von oben bis unten verspiegelt war. Dort saß Robert und prostete sich selbst mit einer Dose Krombacher zu. Ich sah das im Vorbeigehen aus dem Augenwinkel, wie man sagt, aber ich blieb sofort stehen und mußte lachen. Er saß auf einem Barhocker, und die Jackettschöße baumelten ihm um die Knie. Obwohl er den Arm längst wieder heruntergenommen hatte, erschien es mir, als würde er sich ewig selbst zuprosten, wie in einer Endlosschleife.

Ich habe mich zu ihm gesetzt, und wir tranken noch stundenlang westfälisches Bier aus Dosen, und ich lernte, daß er es jedem Bier der Welt vorzog, auch wenn die Brauereien dort längst zu großen Konzernen gehörten. Es ging dabei um Illusion, um die Illusion einer Heimat, die er nur zum Teil so hatte, aber gern ganz empfinden würde.

Er war vier Jahre älter als ich, und ich lernte die ersten Jahre ausschließlich von ihm. So kam es mir vor. Zog aus seinem aus MDF-Platten gebauten Regal Bücher, fast wahllos, und las sie oder stellte sie für ein paar Wochen in mein Kiefernholzkellerregal. Wir saßen oft in der Küche oder eben auf diesem Dach und redeten über Architektur, Archäologie, Kunst und Literatur. Er erschloß mir eine intellektuelle Welt, die mir vorher mehr Angst gemacht als mich wirklich angezogen hatte. Ich kopierte für ein paar Semester seinen Kleidungsstil, und auch das ertrug er. Aber sein erstes farbiges Hemd habe ich ihm geschenkt, wir sind in der Hohen Tatra einmal auf Skiern gemeinsam im Schuß durch die Nacht gefahren, weil ich das so wollte, und mit mir ging er später regelmäßig ins Fußballstadion.

»Wolltest du nicht deinen alten Herrn behüten?« fragte er jetzt, zog an seiner Zigarette und sah mich an.

»Ja, morgen fahre ich hin.«

»Wie geht es ihm denn?«

»Schlecht. Was heißt schlecht? Aberwitzig eigentlich. Liegt da und starrt die Wand an.«

»Na, dann bist du ja deines Vaters Sohn.«

Ich mochte ihn auch für seinen Humor. Für diese Art Humor, die nie so richtig Rücksicht nahm und doch sehr vorsichtig war. Die ihm Dinge vom Leib hielt.

Robert hatte nie angefangen zu arbeiten. Er schloß das Studium mit guten Noten ab und weigerte sich dann standhaft, eine Stelle anzunehmen. Er war der Adoptivsohn eines älteren Handwerkerpaares aus Paderborn, die durch Ehrgeiz, Zähigkeit und Schlauheit in Westfalen und Berlin mehrere Häuser besaßen, von denen eines jeweils das nächste finanzierte. Beide starben am Ende von Roberts Studium kurz hintereinander, und er erbte alles und verwaltete es weiter. Renovierte und restaurierte die Häuser und zahlte sich eine kleine Leibrente aus. Er hatte ein Händchen für Immobilien und war im Grunde genommen nichts anderes als ein Investor. Hin und wieder verkaufte er auch ein Haus, wenn ihm die Gewinnspanne zu verlockend erschien, um das Geld gleich wieder zu investieren. Seit dem Tode seiner Eltern war der Besitz um zwei Häuser gewachsen.

Außerdem nahm er an archäologischen Ausgrabungen in verschiedenen Ländern teil. In Griechenland, der Türkei und Ägypten. Sein kunsthistorisches Interesse und persönliche Kontakte zu Professoren hatten ihn schon während des Studiums dorthin geführt. Er zeichnete hier meistens und nahm Gebäude auf. Das war vermutlich der eigentliche Sinn seines Lebens, für ein paar Wochen im Jahr in einem heruntergekommenen Hotel in Griechenland zu wohnen oder in einem halbfertigen Haus an der türkischen Südküste auf einem Feldbett zu liegen und den Schildkröten beim Vögeln zuzuhören. »Klonker, klonker, klonker«, sagte er immer, das Geräusch der aufeinanderknallenden Panzer nachahmend, und schlug dabei die Fingerknöchel seiner Fäuste gegeneinander.

»Wie lange wirst du dort bleiben?« fragte er jetzt und schnipste die Kippe runter in den Hof.

»Zwei Wochen.«

»Lang.«

»Ja, sehr lang. So lang war ich schon seit ewigen Zeiten nicht mehr in Schwerin. Ich weiß gar nicht, was ich da den ganzen Tag machen soll.«

»Die Pflege deines Vaters wird dich schon auf Trab halten.«

»So viel wird das gar nicht sein. Da ist noch eine Litauerin oder Lettin oder was auch immer, die meine Mutter als Krankenschwester engagiert hat, und die muß ich eigentlich nur beaufsichtigen.«

»Dann kann das doch ganz nett werden«, sagte Robert.

»Na ja, wie ich meine Mutter kenne, hat die 'nen Damenbart, wiegt 150 Kilo und wischt den ganzen Tag durchs Haus. Ach ja, und meine Mutter stellt sich noch vor, daß ich meinem Vater aus der Zeitung vorlese.«

»Die Todesanzeigen?«

»Robert, also wirklich.«

»Schon klar, war nicht so gemeint.« Er holte noch ein Bier aus dem Eimer, gab es mir und sagte: »Na dann, auf deinen alten Herren und auf dich.«

3

Die Baltin war nicht häßlich, ganz im Gegenteil. Sie war mittelgroß und ihre blonden Haare hatte sie mit einer Spange zum Zopf zusammengefaßt. Sie trug ein hellblaues Kapuzenshirt, Jeans und schwarze Wildlederclogs. Ihre Hände waren schmal und länglich, sie sprach sehr gutes Deutsch fast ohne Akzent, nur das R betonte sie manchmal sehr stark und, ja, sie war Bulgarin.

Das war typisch für meine Mutter. Sie unterschied den alten Ostblock in Russen und von den Russen geknechtete Völker. Die Balten und die Bulgaren gehörten für sie zu der zweiten Gruppe, die nun endlich in Freiheit, wenn auch in Armut lebten. Wo diese Länder genau lagen, welche Eigenheiten sie hatten oder wie die genaue politische Situation dort war, interessierte sie wenig. Noch dazu hatte sich ihre Anzahl durch das Auseinanderbrechen der Sowjetunion stark erhöht. Außer den Balten, die sie nie unterscheiden konnte, für die sie aber eine große Leidenschaft entwickelt hatte, blieben allerdings alle andere Russen, auch die Georgier oder Ukrainer. Als Urlaubsländer kamen sie seit 1989 nicht mehr in Frage. Weder die einen noch die anderen.

Vielleicht wünschte sich meine Mutter eine Baltin statt einer Bulgarin, weil »die auch so unter den Russen gelitten hatten«. Vielleicht lag es an Kristinas hellen Haaren, ihren Sommersprossen und blauen Augen, die einen eher an die Ostsee als an den Balkan denken ließen, oder es war nur Unaufmerksamkeit. »Das ist Kristina aus dem Baltikum. Sie ist so freundlich und wird in meiner Abwesenheit deinen Vater pflegen«, sagte sie und lächelte die junge Frau an. Es klang so, als wäre die extra hierhergekommen, um unserer Familie aus einer mißlichen Lage zu helfen. Aus Nächstenliebe und Freundlichkeit.

Tatsächlich half sie meiner Mutter im Haushalt oder im Garten, wo immer sie sie brauchte. Sie wohnte bei irgendeiner anderen Bulgarin, und den Freundinnen meiner Mutter half sie auf ähnliche Art und Weise, ebenfalls für ein übliches Entgelt. »Bulgarien«, sagte sie jetzt und lächelte ebenfalls. »Aus Bulgarien.«

»Ach, ich denke immer Baltikum. Hatten Sie nicht Baltikum gesagt? Doch, da bin ich mir sicher«, sagte sie, faßte Kristina um die Schulter und schob sie in das Eßzimmer, um ihr noch einmal alles zu erklären.

Ich war erst am Morgen aus Berlin gekommen, um der Aufbruchspanik meiner Mutter, so gut es ging, zu entgehen. Früher, als sie noch mit meinem Vater verreist war, hatte er immer alle Koffer gepackt, und beide waren stundenlang damit beschäftigt gewesen. Er damit, die Sachen zu verstauen, und sie, die Kleidung aus dem Schrank zu holen und sie für meinen Vater vorzusortieren oder sich alles noch einmal anders zu überlegen. Jetzt machte sie das allein, und es ging schneller, aber immer noch nicht schnell.

Sie hatte alles versucht, um mich zu überreden, früher zu kommen, aber ich hatte mich erfolgreich dagegen gewehrt. Ein erfundenes Abendessen mit einem potentiellen Arbeitgeber ließ sie kapitulieren. »Nur, daß wir rechtzeitig am Flughafen sind. Und ich muß dir hier noch alles zeigen. Du wirst schon zurechtkommen, mein Junge.« Ich konnte ihre Unsicherheit hören, die mit ihrer eigenen Reise zusammenhing, mit ihrem Moralverständnis, daß sie eigentlich nicht von der Seite meines Vaters weichen durfte, in guten wie in schlechten Zeiten. Und sie versuchte, dieses Unbehagen zu verdrängen, indem sie an mir herumzerrte und mir zu verstehen gab, daß ein möglichst frühes Erscheinen in Schwerin einen sicheren Verlauf der folgenden zwei Wochen garantieren würde. Aber es gab Grenzen, die klar verliefen, und ein Abendessen mit einem möglichen Arbeitgeber bei gleichzeitiger Arbeitslosigkeit überbot fast alles.

Während meine Mutter Kristina durch die Räume schob und ihr Dinge erklärte, die sie schon wußte, holte ich die Badehose aus meiner Tasche, die neben der Terrassentür stand, und zog sie an. Dann lief ich los, das leicht abschüssige Gelände hinab auf den Pool zu. Es kommt darauf an, die Höchstgeschwindigkeit davor erreicht zu haben, flach hineinzuspringen und den Schwung am anderen Ende mit den Armen an der Poolwand abzufangen, noch unter Wasser. Jedenfalls kam es darauf an, vor Jahren, und es funktionierte noch. Ich glitt die etwa zwölf Meter schnell unter der Wasseroberfläche entlang. Die Kälte stach mir in die Haut, und ich hörte meinen Herzschlag. Meine Mutter haßte diese Art ins Wasser zu gehen. »Denk immer an Bubchen. Der hat damals nur den Fuß ins Wasser gesetzt und ist tot umgefallen«, hatte sie früher gesagt und tatsächlich versucht, mir das Reinspringen bis zum achtzehnten Geburtstag zu verbieten. Aber das war natürlich unmöglich. Dieser Pool hatte mich, wie auch meine Geschwister, in eine Tom-Sawyer-Lage gebracht. Es gab Kinder, die meine Nähe suchten, nur um einmal darin zu baden. Ich bemerkte das manchmal und genoß es trotzdem. In einem Ort mit sieben Seen im Stadtgebiet ist ein Pool vielleicht ein wenig unsinnig, aber vermutlich sind das die Pools in Miami Beach auch. Mein Vater hat ihn meiner Mutter zum Geburtstag geschenkt 1974. Meine Großmutter mußte extra mit meiner Mutter und uns Kindern nach Kühlungsborn fahren, damit er ihn in dieser Zeit bauen lassen konnte. Es war der einzige Swimmingpool der Stadt zu dieser Zeit, ich habe nie von einem anderen gehört.

Langsam schwamm ich ein paar Bahnen. Inzwischen sah er etwas heruntergekommen aus, und die hellblauen Fliesen hatten Risse bekommen. Ich sah meine Mutter und Kristina aus dem Haus treten. Sie blieben auf der Terrasse stehen und redeten. Die Entfernung war zu weit, ich konnte sie nicht verstehen. Die Bulgarin nahm sich eine Zigarette und bot meiner Mutter ebenfalls eine an. Sie zündete sich eine an, obwohl sie nie am Morgen rauchte, aber Abreisetage sind Ausnahmetage. So standen sie nebeneinander, und nach einer Weile nahm Kristina dieselbe Haltung an wie meine Mutter, den rechten Arm mit der Zigarette in der Hand angewinkelt und den Kopf leicht zur Seite geneigt.

»Komm jetzt, Christoph, beeil dich. Du kannst noch zwei Wochen lang baden«, rief meine Mutter verärgert zu mir rüber und verschwand im Haus. Ich trocknete mich ab, zog mich an und folgte ihr. Sie zeigte mir den Essensplan für meinen Vater und seine Medikamente. »Die will er manchmal nicht. Dann mußt du sie im Tee auflösen«, sagte sie und hob die weiße Schnabeltasse hoch. »Mama, werde ich ihn füttern? Werde ich ihm die Tabletten geben?«

Sie schob die Tasse an die Wand und sagte: »Das wird zum größten Teil Kristina machen, ja, aber es ist gut, wenn du das auch weißt. Man weiß nie, was passiert. Es ist dein Vater, Christoph, soviel Zeit wirst du wohl haben.« Also erklärte sie mir noch alle Pflegemaßnahmen vor der Schlafzimmertür mit gedämpfter Stimme und schob mich zum Schluß ins Zimmer hinein. Ich hatte mich seit meiner Ankunft davor gedrückt, und sie wußte das.

Mein Vater blickte kurz in meine Richtung, als ich eintrat, um dann auf seine linke Hand zu sehen, die mit dem oberen Rand der Bettdecke spielte. Ich lehnte mich gegen die Tür und sah ihn an. Zum ersten Mal richtig, seit langem. Seinen schmalen Kopf mit den eingefallenen Wangen, seine spitze Nase, die länger erschien, und die Haare, die ihm meine Mutter jeden Tag zu einem Seitenscheitel kämmte, so wie er sie immer getragen hatte.

Das Bett war ein richtiges Krankenhausbett, elektrisch verstellbar, und der Oberkörper war die meiste Zeit hochgestellt, manchmal auch die Knie. Bevor mein Vater nach Hause gebracht wurde, hatte meine Mutter von dem Mann, der ihr im Garten half, das Ehebett auseinandernehmen und in den Keller bringen lassen. An dessen Stelle war dieses Ungetüm gekommen, das zusammen mit dem Klostuhl, dem Tropfständer und dem zusammengeklappten Rollstuhl an der Wand den Krankenhausteil dieses Zimmers bildete. Die zweite Hälfte war das elterliche Schlafzimmer mit Schränken, Sesseln und einem Nachtschrank mit Lampe. Der andere stand jetzt oben im Zimmer meiner Mutter.

»Der Zustand Ihres Mannes ist stabil«, hatte der indianisch aussehende Arzt gesagt. »Er wird sich nicht mehr wesentlich verbessern. Wenn Sie möchten, kann er jetzt wieder zu ihnen kommen, oder wir müssen uns um etwas anderes kümmern.«

»Wir holen ihn nach Hause«, hatte meine Mutter darauf gesagt. Sie hat, meines Wissens, nie gefragt, wie lange mein Vater noch zu leben hat, und ich weiß nicht, ob sie von einer längeren Zeit ausgegangen ist. Der Arzt hatte einmal angedeutet, daß es Patienten gab, die so einen schweren Schlaganfall nicht überlebten. Aber es war so, als ob es für meine Mutter keine Rolle spielte, wie lange er so weiter lebte, und ich habe es nie erlebt, daß sie sich mit irgendeiner falschen Hoffnung tröstete.

Sie hatte das Bett so gestellt, daß mein Vater, wenn er wollte, durch das Fenster und den Vorgarten auf die Straße sehen konnte. Auf den Kalkwerderring. Einen von drei Ringen des Schloßgartens, die an eine gerade Straße gebaut sind. Die Grundstücke des Innenrings stoßen wie Tortenstücke aneinander, und diese Vielzahl von Nachbarn bekam dem Klima untereinander nicht unbedingt. Die Gärten des Außenrings, wo unser Haus steht, laufen weit aus und grenzen an den Wald. Durch eine kleine Tür kann man so verschwinden und steht in wenigen Minuten am Schweriner See. Es passierte nicht viel dort auf der Straße, und es wirkte auch immer so, als ob mein Vater, wenn er denn aufblickte, am Fenster vorbei auf die Wand sah.

Meine Mutter rief gedämpft meinen Namen, und ich drückte leise die Klinke hinunter und drehte mich durch die Tür, wie um einen Schlafenden nicht zu wecken. »Na, habt ihr euch begrüßt«, fragte sie und strich mir über die Wange, um dann weiterzugehen, eine kleine Tasche greifend. »Hilfst du mir mit dem Koffer?« Ich mußte schlucken und ging ihr nach.

Sie saß schon auf dem Beifahrersitz des silbergrauen Mercedes C 180 T-Modells, den mein Vater ein Jahr vor seinem Schlaganfall gekauft hatte. »Ein Auto sollte vier Jahre alt sein und nicht mehr als 60 000 Kilometer gefahren haben, wenn man es kauft. Das ist optimal.«

»Wenn es nur nicht schwarz ist. Das lange Ding. Wir sind ja keine Bestattungsunternehmer«, hatte meine Mutter gesagt.

»Majestät, einen Mercedes kauft man schwarz oder silbergrau. Es gibt keine andere Farbe, die in Frage kommt.«

So lange ich denken kann, sagte mein Vater Majestät zu meiner Mutter oder eben Viktoria, den Königinnennamen.

Sie hatte ihr Handgepäck in den Kofferraum gelegt und saß nun, die Beine übereinandergeschlagen, wartend im Wagen. Sie liebt es, gefahren zu werden, und obwohl sie sehr stolz darauf ist, als junges Mädchen schon den Führerschein gemacht zu haben, hatte sie fast immer meinen Vater fahren lassen. Seit es andere Autos als Wartburgs oder Ladas waren, hatte sich dies eher verstärkt. Und jetzt, wo mein Vater nicht mehr fahren konnte, nutzte sie jede Gelegenheit, um sich von uns herumfahren zu lassen.

Ich ließ mich auf den schwarzen Ledersitz fallen und fuhr sie weg vom Haus, raus aus dem Schloßgarten, einem vom preußischen Gartenarchitekten Lenné angelegten Park, vorbei am Großen Dreesch, einem Neubaugebiet, in dem zu den besten Zeiten 60 000 Menschen gelebt haben. Jetzt türmte sich der Beton, frisch gestrichen und mit neuen Balkonen versehen, etwas weniger trist, aber immer noch trostlos. Wir fuhren hinaus aus der Stadt auf die A 24, Richtung Hamburg. Immer schon war das die Stadt der Träume meiner Familie gewesen. Die Geburtsstadt des Urgroßvaters und das unangefochtene Zentrum des Nordens, inzwischen wieder gesamtdeutsch.

»Wie war denn dein Essen gestern?« fragte mich meine Mutter.

»Welches Essen? Ach so, das ist ausgefallen.«

»Warum?«

»Warum, was weiß ich, warum? Der hat mich angerufen und abgesagt, weil er nicht mehr interessiert ist, denke ich mal.«

»Aber er kennt dich doch noch gar nicht. Und deine Fähigkeiten auch nicht.«

»Nein, sicher nicht. Aber offensichtlich ist ihm das Wurscht oder er hat eben jemanden gefunden, der in sein Büro paßt.«

»Er hätte zumindest die Einladung aufrechterhalten können«, sagte meine Mutter, so als ob ich dann wenigstens eine warme Mahlzeit bekommen hätte. Auch wenn das Essen und damit auch seine Absage erfunden waren, es hätte doch durchaus so sein können. Aber meine Mutter wollte sich mit der Verletzung bestimmter Anstandsregeln nicht abfinden.

»Du hättest darauf bestehen sollen, Christoph.«

»Ich hätte darauf bestehen sollen, daß ein Architekt, der kein Interesse an mir hat, trotzdem mit mir essen geht?«

»Ja, um deinetwillen. So etwas tut man nicht.«

Mir wurde etwas unwohl, gegen die Moralvorstellungen meiner Mutter anzukämpfen, vor allem mit einem Diskussionsgrund, der gar nicht existierte. Vor uns lag das Gebiet des ehemaligen Grenzübergangs Zarrentin-Gudow. Das Sonnenlicht fiel auf die Lagerhallen und kleinen Betriebe, die hier im ehemaligen Niemandsland entstanden sind, an der heutigen Grenze zwischen Mecklenburg-Vorpommern und Schleswig-Holstein. Flache, farbige Zweckbauten. Das war alles, was übriggeblieben ist von einer riesigen Grenzanlage mit unsinnigen Brükken und Mehrfachkontrollen, bis man diese lächerlichen paar hundert Meter überwunden hatte.

Am 9. November 1989, als Günter Schabowski, Mitglied des Politbüros, tatsächlich überfordert oder mit Kalkül die Mauer öffnete, saßen wir zu Hause am Kalkwerderring und guckten fern. Wir saßen in einer Runde um den Fernseher, nur Gerd nicht, der in Rostock beim Studium war. Mit uns im Zimmer saß ein Kollege meines Vaters aus der Schweiz, der uns besucht hatte, um sich die alten Fachwerkhäuser anzusehen, die in der Schelfstadt standen. Und um ihren bemitleidenswerten Zustand zu bewerten. Er war über Hamburg gekommen und hatte uns eine bunte Auswahl an Süßigkeiten und Obst mitgebracht. In den paar Tagen, in denen er da war und mit einem großen karierten Schirm durch den ältesten Teil der Stadt spazierte, öffneten seine Schweizer Franken Restauranttüren und Theaterkassen. Jetzt sah er sah mich an und sagte: »Der Rest Europas beneidet euch unglaublich, weil ihr etwas bewegen könnt.« Er war hager und groß und hatte eine Adlernase.

Wir sahen noch den ganzen Abend die Jubelbilder im Fernsehen, und es war so, als würde dies alles nur langsam durch die Mattscheibe in unser Wohnzimmer gelangen. Unser Gast wirkte aufgekratzt, wollte mit uns anstoßen und feiern, während wir immer noch ungläubig die immer selbe Nachricht vernahmen.

Am Sonnabend fuhren Astrid und ich nach Hamburg. Der Schweizer wollte zurück in sein Land und bot an, uns mitzunehmen nach Hamburg-Fuhlsbüttel zum Flughafen. Wir wollten zu Kelly, Mutters Freundin, aber niemand konnte sie erreichen, seit Tagen lag das innerdeutsche Telefonsystem brach. »Hoffentlich ist überhaupt noch Platz bei ihr«, sagte meine Mutter immer wieder aus Angst vor Kellys vielen Freunden und Verwandten im Osten, aber auf ihr großes Herz vertrauend.

Und so fuhren wir also los, in einem kaffeebraunen Ford Sierra auf die Grenze zu, die ich noch nie gesehen hatte. Wir mußten stundenlang warten und immer wieder unseren Ausweis vorzeigen, mit dem neuen Stempel darin, der besagte, daß wir das Land verlassen und sogar wiederkommen durften. Drei-, viermal reichte der Schweizer Denkmalschützer mit der Adlernase einen roten Paß mit weißem Kreuz und zwei kleine blaue Ausweishefte durch das Fenster und erhielt sie immer wieder zurück. Und plötzlich an einer unscheinbaren Stelle der Autobahn schlug er mir auf den Oberschenkel und sagte: »Jetzt seid ihr im Westen.« In diesem Moment sah ich auch die schlaff herunterhängende Fahne des Bundeslandes Schleswig-Holstein in Blau-Weiß-Rot. Ansonsten sah ich nicht viel. Die Autobahn ging weiter, und auf den Brücken standen Menschen, die winkten.

Vom Flughafen aus erreichten wir dann endlich Kelly, die unglücklich zu Hause saß und wartete. Es war noch niemand erschienen, wir waren die ersten. »Wo bleibt ihr denn alle? Ich dachte schon, es kommt keiner mehr«, brüllte sie ins Telefon und stürmte wenig später mit wehendem Mantel durch die Empfangshalle des Flughafens und drückte zuerst Astrid und dann mich und weinte. Ich habe sie weder zuvor noch danach weinen sehen, aber hier auf diesem Flughafen weinte sie.

Meine Mutter reichte mir ihr Handy.

»Sagst du Kelly bitte, daß wir gleich da sind.«

Wir fuhren an der Außenalster vorbei, die glatt dalag, von der Sonne beschienen, und ein paar Segel leuchteten weiß. Ich sah auf das Handy und sagte: »Das ist verboten während der Fahrt.«

Meine Mutter legte ihre Hand in den Schoß und sah unschlüssig auf das Telefon. Sie hatte seit Jahren ein Handy, aber weigerte sich eigentlich, es zu benutzen. Sie hatte es nur »für den Fall, daß«, und davon gab es unendlich viele. Aber es einfach so zu benutzen, das fiel ihr nicht ein. Auf der Kennedybrücke zwischen Außen- und Binnenalster hatte sie sich durchgerungen und kündigte Kelly unser Erscheinen in wenigen Minuten an.

Kelly wohnte in Altona, schon ihr halbes Leben lang. Hierher war ich mit Astrid gekommen an diesem ersten Wochenende nach dem Mauerfall und hatte gern in den verrauchten Räumen gesessen, viel lieber als mit meinen Landsleuten über die Mönckebergstraße zu laufen und in die verschlossenen Geschäfte zu starren. »In Lübeck haben sie einfach die Läden geöffnet, Wochenende hin oder her, aber Hamburg kriegt das natürlich wieder nicht hin, die scheiß Pfeffersäcke«, hatte sie damals geschimpft und ständig versucht, uns aus der Wohnung zu treiben und uns etwas zu zeigen. Die Alster, den Fischmarkt und die Reeperbahn.

Jetzt lehnte sie aus ihrem Fenster, rauchend natürlich, und schrie uns entgegen, daß sie gleich runterkommen würde. »Christoph kann dir mit den Koffern ...«, brüllte meine Mutter zurück, wissend, daß man mit Kelly brüllen mußte, aber es war zu spät und das Fenster schon wieder geschlossen. So lehnten wir am Auto und sahen an der Fassade hoch.

Meine Mutter kannte ihre Freundinnen alle seit Jahrzehnten. Kelly stammte aus Ostpreußen, aus dem Dorf, aus dem auch meine Urgroßmutter kam, aus Keladden, bei Laukischken, Kreis Labiau. Sie war mit ihrer Mutter und ihrem Bruder im Winter 1944 nach Schwerin gekommen und hatte für einige Wochen ein Zuhause im Tappenhagen gefunden, »und Blut ist dicker als Wasser« und manchmal eben nicht. Sie blieben in Schwerin für Jahre, und Kellys Mutter, Frauchen, wie sie von allen genannt wurde, arbeitete als Sekretärin und beäugte das neue System mißtrauisch. Die Kinder gingen zur Schule, und kurz vor dem Mauerbau war das Vertrauen in die neue

Zeit bei Frauchen aufgebraucht. Sie verließ Mecklenburg und ging mit ihrer inzwischen zwanzigjährigen Tochter an die Elbe nach Hamburg.

Ihren Sohn ließ sie zurück. Sie mußte ihn zurücklassen, vielleicht war er sogar der Grund, daß sie ging. Denn er war weniger resistent gegen die Versprechungen der neuen Zeit und trat in die Armee ein, und schon wieder eine Armee, das wollte Frauchen nicht ertragen. Also ging sie schweren Herzens, und ihr Sohn brach den Kontakt zu ihr ab, weil das verlangt wurde von seinem Dienstherren, und weil man auch vor Familien keinen Halt machte in dieser Zeit, egal, wie dick das Blut nun war. Sie haben nichts mehr voneinander gehört bis '89, und Kelly und ihr Bruder gaben ihren Söhnen denselben Namen, ohne es zu wissen und wohl auch ohne es zu wollen.

Kelly besuchte uns während der DDR-Zeit jedes Jahr im Sommer. Am Anfang mit ihrem Mann und mit dem Sohn und später, nach der Scheidung und als der Sohn erwachsen war, auch allein. Ihr fehlte Schwerin, das war selbst für mich, für ein Kind, zu merken. Und nach dem Mauerfall kam sie, so oft sie konnte, auch wenn sie nicht nach Schwerin zog, wie sie es ein paarmal angekündigt hatte, vielleicht weil sie zu oft hatte umziehen müssen und nun doch nicht mehr wollte.

»Ab in die Sonne! Mir geht dieses verregnete Hamburg schon seit langem auf die Nerven«, sagte Kelly, als sie uns nacheinander in die Arme schloß. Auch in Hamburg schien seit Wochen die Sonne, aber das Verhältnis zu dieser Stadt war für sie wohl immer ein regnerisches geblieben, auch wenn ich sie mir nirgends anders mehr vorstellen konnte und ihr »ja nun« und »da nicht für « und »mal eben« für Hamburg standen, wie auch ihr Tonfall, der von Schwerin nichts mehr verriet und Ostpreußen nicht einmal ahnen ließ.

Wir fuhren Richtung Fuhlsbüttel, und die beiden redeten, als hätten sie sich seit Jahren nicht mehr gesehen. Sie konnten unterschiedlicher nicht sein, die wuchtige Kelly mit ihren fransigen Haaren, an denen jede Kaltwelle scheiterte, in Jeans und einem weiten weißen T-Shirt. Und meine Mutter, die auf Reisen ebenfalls Jeans trägt, aber eben so, als wäre dies kein Freizeitdress.

»Geht es vorwärts in Berlin, Christoph? Mensch, wann haben wir uns das letzte Mal gesehen? Hmm. Ich kann mich gar nicht erinnern. Konntest du da schon laufen?«

Ich spürte ihre breite Hand auf meinem Kopf und hörte ihr lautes Lachen im Fond. Erst als meine Mutter noch einmal begann, mir die Verhaltensregeln für das Zusammenleben mit meinem Vater zu wiederholen, wurde sie still. Wir gingen zum Check-in, und als ich vor der Sicherheitskontrolle mit den beiden stand und Kelly ihre Abschiedszigarette rauchte, wie sie sagte, fragte sie mich: »Hast du etwas von Susanne gehört?«

Susanne, meine Freundin – oder Exfreundin seit über einem Jahr. Auch ein Grund, warum es nicht gut um mich stand in diesem Sommer. Kelly hatte sie sehr gemocht. Ich zog die Schultern hoch und lächelte, und meine Mutter sah mich an und sagte mehr zu Kelly als zu mir: »Du hättest ihr eben ein Kind machen sollen. Dann wäre sie auch noch bei dir und nicht in New York.« Dann strich sie mir über den Hemdkragen. »Aber auf mich hört er ja nicht, hat er noch nie gemacht.« Und dann küßte sie mich zum Abschied, und beide gingen winkend durch die Kontrolle.

4

Ich ging in ein Café auf dem Flughafen in Fuhlsbüttel, um meine Heimreise noch etwas herauszuzögern, und trank einen Cappuccino. So hatte ich auch vor gut einem Jahr mit Robert in Berlin-Tegel gesessen. Er klingelte um vier Uhr früh an meiner Tür und wuchtete meinen Koffer in seinen blauen Volvo Kombi, und wir fuhren schweigend zum Flughafen. Nachdem ich mein Gepäck abgegeben hatte, gingen wir zu einem dieser Cafés. Wir machen das immer, wenn einer den anderen zum Flughafen bringt. Auch beim Kaffee redeten wir nicht viel. Robert rauchte. Er raucht ständig, egal, wie spät es ist und ob er gerade aufgestanden ist oder eine Stunde laufen war. »Mensch, Neu York, Großer. Nun freu dich mal ein bißchen. Neu York.« Er war mir schon die letzten Tage und Wochen auf die Nerven gegangen mit diesem »Neu York«. »Wieso soll ich mich denn freuen, wenn ich nach New York fliege. Warum denn eigentlich? Du warst doch noch nie in Amerika«, sagte ich zu ihm, und er nickte und sagte: »Ja, aber New York ist was anderes. Da würde ich auch gern hin.« Wenigstens hatte ich ihn dazu gebracht, »New« zu sagen.

Ich war nervös, aufgeregt wie ein kleines Kind. Noch nie war ich richtig weit weggewesen. Ich hatte mein Leben immer nur für drei, vier Wochen unterbrochen. Mein Studium habe ich ohne Auslandssemester absolviert. Als mir Susanne damals sagte, sie könne im Korrespondentenbüro ihres Senders in New York arbeiten für zwei Jahre, wußte ich wirklich nicht, was ich sagen sollte. Nicht vor Erstaunen, Begeisterung oder Abscheu. Es war nie meine Traumstadt gewesen und auch nie das Gegenteil. Die Vorstellung, Deutschland für eine Weile oder für immer zu verlassen, war die anderer gewesen. Vielleicht war ich im Falle New Yorks zu sehr Roberts Schüler gewesen, der mit seiner naserümpfenden Amerikaverachtung nie einen Hehl daraus machte, was er von dem Kontinent jenseits des Atlantiks dachte.

Aber er war nicht das Problem, und ich wußte das. Das heißt, bin ich mir damals wirklich darüber im klaren gewesen, an einem furnierten Sperrholztisch sitzend in diesem rund gebauten Flughafengebäude, wo der Blick immer auf eine Kurve fällt und es so fast unendlich wirkt? Oder erscheint es mir nur im nachhinein folgerichtig, daß ich dort so nervös und aufgeregt war, wegen Susanne und nicht allein wegen Amerika und New York City?

Ich habe sie in einem Zug kennengelernt. Warum ich ausgerechnet bei ihr eine Ausnahme gemacht habe und meine Sprachlosigkeit in solchen Situationen überwunden habe, wundert mich noch heute, wobei es natürlich an ihr lag. Aber nicht an ihrem Aussehen, ihrer Ausstrahlung, dem Glanz ihres Haares oder so etwas. Es lag einzig und allein daran, daß sie weitersprach und nicht im Vertrauen auf die Geschlechterrolle darauf wartete, daß ich den Tanz begann.

Wir saßen in einem Sechspersonenabteil im Interregio Lübeck – Cottbus. Die Polster dieser Züge sind türkis und lila, und der ganze Zug wirkt ein wenig so wie seine Farbgebung. So als sollte etwas Neues her, obwohl kein Geld da war. Die Lübecker mußten, wollten sie nach Berlin, wieder über Schwerin fahren. Bei beiden Städten hat es offensichtlich für eine schnellere Verbindung als einen Interregio nicht gereicht, so als wollte man den Bewohnern ihre sprichwörtliche Langsamkeit im Zug vor Augen führen.

Wir saßen allein im Abteil, sie am Fenster und ich schräg gegenüber neben der Tür. Sie war klein und schlank, hatte schwarze gefärbte Haare, die ihr über die Schultern fielen, Lippen, die ein wenig rauh und aufgesprungen wirkten, und grünliche Augen mit einigen braunen Sprenkeln darin.

Als ich das Abteil betrat, sah sie mich kurz an, lächelte und sah dann wieder nach draußen. Sie hielt eine Hand in dem Buch, das sie gerade las, und sagte dann noch bevor der Zug abfuhr: »Schwerin ist so eine schöne Stadt.« Ich hatte mich noch nicht einmal richtig hingesetzt und ehrlich gesagt habe ich bei Zugfahrten oder ähnlichem lieber meine Ruhe, aber sie war schön und sie redete weiter.

»Kommst du hier her? Bist du hier aufgewachsen, bist du ein richtiger Schweriner?«

Ich mußte lachen und sagte: »Ja.«

Sie schüttelte den Kopf und sagte: »Weißt du, ich komme aus Lübeck, man fährt zwanzig Minuten oder irgendwas und dann ist man hier. Wir haben das früher nie gemacht. Nie, solange die Mauer stand. Und dann kamt ihr plötzlich alle rüber, und selbst da haben wir noch gewartet, und dann war ich mal in Schwerin, im Sommer, und überall das Wasser und das Schloß. Ja, es war so schön, damit hatte ich nicht gerechnet.«

Sie hatte sich also in Schwerin verliebt und später dann in mich, wie sie immer wieder sagte. Wir saßen da und fuhren bis Berlin und redeten anfangs wirklich über den Landstrich, aus dem wir kamen, und die Zeit, in der die Lübecker Stadtgrenze auch das Ende der Welt war.

Wir trafen uns wieder und gingen ins Kino und in Bars, und sie küßte mich irgendwann einfach, so als wußte sie schon seit der Fahrt im Zug, daß sie das übernehmen mußte, wollte sie nicht ewig warten. Sie lernte Robert kennen, der es anfangs nicht merkte, daß noch jemand in unserer Wohnung schlief. An einem Sonnabendmorgen muß es ihr gereicht haben, und sie ging in meinem Morgenmantel in die Küche, holte sich ein Glas Wasser und sagte dabei: »Guten Morgen, Robert.« Der hatte nicht mal von seiner Zeitung hochgeschaut und sah nun meinen Morgenmantel mit einem Mädchen darin. Er sagte: »Morgen, äh, guten Morgen ... also ...«, aber da war sie schon wieder aus der Küche raus, kam zu mir ins Bett, und wir lachten noch tagelang darüber, später dann auch zu dritt.

Susanne beendete ihr Studium und begann ein Volontariat bei einem Fernsehsender und es war ... ja, einfach, zusammenzuleben. Als die Wohnung bei Robert gegenüber frei wurde und er sie uns anbot, mußten wir nicht einmal darüber sprechen und zogen ein. Wir waren zwei Jahre zusammen, und wir haben endlos gelebt in dieser Zeit, zumindest mir ging es so. Ein Ende war nicht in Sicht.

Wir fuhren zusammen nach Schwerin, und Susanne ließ sich jeden Winkel von mir zeigen, so als wäre ich ein Eingeborener, ein Wilder, der ihr noch verborgene Rituale und Schätze zeigen könnte. Meine Eltern mochten sie, und auch sie verstand sich mit ihnen. Besonders mein Vater blühte sichtlich auf, wenn wir zu Besuch kamen.

Auf einer dieser Heimfahrten von Schwerin nach Berlin, wir hatten den neunzigsten Geburtstag meiner Großmutter gefeiert, sagte Susanne: »Dein Vater ist so lustig manchmal, das ist ganz komisch, ungewöhnlich irgendwie.« Meine Großmutter hatte stolz und freundlich auf dem roten Samt eines nachempfundenen Königsstuhls gesessen. Ihr Haar war weiß mit einem eleganten Ton ins Blaue, und sie war frisch frisiert. Sie war stolz, weil die Familie in einem großen U um sie herum saß, vor ihr eigentlich, und nach dem Essen zu der Musik eines dicken DJ, der abwechselnd CDs spielte oder selber sang, tanzte und sich tatsächlich amüsierte.

Meine Mutter saß mit ihren Schwestern neben der Jubilarin, die Männer an ihren Seiten. Später, als mein Vater und Susanne tanzten und sie lachten und er sie herumwirbelte und immer wieder auf sie einredete, stand sie neben mir und fragte mich irgendwann: »Ist Susanne schwanger?« Sie sagte es in diesem Moment aus Eifersucht, weil ihr Mann mit einem jungen Mädchen tanzte, weil er so tanzte vor unseren Augen, und es war dabei völlig egal, ob dieses Mädchen Susanne war und somit meine Freundin, so etwas wie ihre Schwiegertochter. Sie wollte etwas Negatives sagen, nicht wirklich beleidigend sein, aber in solchen Momenten redet sie fast wie unter Zwang. Ich habe das kaum wahrgenommen, wiegte mich im Takt der grauenhaften Musik, sah sie an, lachte und sagte: »Nein, wie kommst du darauf?«

»Dann hat sie wohl etwas zugenommen. Na ja, ihr habt ja auch noch Zeit.«

»Wieso findest du meinen Vater lustig«, fragte ich Susanne später im Zug, ohne ihr von dieser Bemerkung meiner Mutter zu erzählen. »Wieso lustig? Er ist alles mögliche, aber nicht lustig. Manchmal versucht er Witze zu machen, aber die sind meistens grauenvoll und immer für irgendwen beleidigend.«

Susanne sah aus dem Fenster und dann wieder zu mir: »Ich weiß nicht, manchmal redet er wie ein Junge, und auch wie er tanzt, das ist so leicht. So kann man mit euch Jungen gar nicht mehr tanzen. Man gibt ihm die Hand, und dann ist es, als ob etwas einrastet und er führt dich im wahrsten Sinne des Wortes. Ich brauchte nichts zu machen und wußte nicht einmal, ob das nun ein Wiener Walzer war oder noch ein Langsamer. Wie war er denn, als du ein Kind warst? Streng oder was?«

»Er war nicht da, meistens«, sagte ich, wie so oft, wenn es um meinen Vater ging. Wir hatten natürlich darüber geredet, über unsere Eltern, die Schule, die Kindheit. Immer wieder in den Jahren. Aber Susanne ließ nicht locker. »Jetzt sag schon was. Was hat er mit dir gemacht, als du klein warst.«

Mein Vater war, glaube ich, fertig mit seiner Vaterrolle, als ich geboren wurde. Ich war eine Art Zugabe, etwas, das ihn freute, aber wenig beschäftigte. Er hatte sich mit Astrid und Gerd verausgabt. Sie hatten seinen Weg nachvollzogen in dem festen Glauben, das zu wollen. Hatten ebenfalls in Rostock studiert, an der »Wilhelm-Pieck-Universität«, waren Bauingenieure geworden wie er, und er hatte das gefördert. Es gab keinen anderen Weg. Astrid hat nie richtig angefangen zu arbeiten, und Gerd wurde eigentlich mit dem Mauerfall arbeitslos. Das war sein Weg aus dieser Geschichte. Ich glaube, er hätte gern etwas Geisteswissenschaftliches gemacht, Kunst, Philosophie, so etwas. Aber er hatte keine Wahl, weil das nicht galt bei meinem Vater, und weil es eine »rote Soße« war für meine Mutter zu dieser Zeit. Wäre Gerd der Ältere gewesen, dann hätte es Astrid vielleicht geschafft, etwas anderes zu machen. Mit einem ältesten Sohn, vielleicht. Ich weiß nicht, was das gewesen wäre, sie ist zehn Jahre älter als ich, und ich erinnere mich besser an die Zeit, als die beiden nicht mehr am Kalkwerderring wohnten und ich dort allein war, wie ein Einzelkind, mit den beiden Alten.

Mein Vater verließ morgens mit einer Aktentasche das Haus und kam abends wieder. Nur wenn ich etwas ausgefressen hatte oder eine schlechte Note bekam, dann beschäftigte er sich mit mir und tat auch das eher widerwillig. »Du hast es gut. Du weißt gar nicht, wie gut du es hast«, hat Gerd einmal zu mir gesagt, und ich habe ihn wirklich nicht verstanden. Als ich nach der Wende mit dem Architekturstudium anfing, war mein Vater wohl auch stolz auf mich. »Was macht der Herr Architekt?« fragte er, wenn ich nach Hause kam, und entwickelte ab da ein gewisses Interesse, zumindest für meinen Beruf. Ich glaube, etwas anderes war ihm auch nicht möglich. Kinder, etwas Unfertiges, waren wie etwas, das nicht existent ist.

»Aber das kann ich mir nicht vorstellen. Zwischen deiner Geburt und deinem Studium liegen achtzehn Jahre«, sagte Susanne. »Es kommt mir vor, als hättest du in dieser Zeit mit deiner Mutter allein gelebt.«

»Ja, manchmal kommt mir das auch so vor.«

Es gibt nur ein Foto aus der Woche, die ich in New York war, nur ein einziges Bild. Anne hat es mir geschickt, später, als ich schon wieder in Berlin war, viel später, vielleicht acht Monate danach. »However, take care«, hatte sie auf die Rückseite geschrieben. Anne war Susannes Mitbewohnerin in einer kleinen Wohnung im East Village auf der C-Avenue. Sie war Fotografin, das, was Susanne viel lieber sein wollte als Fernsehjournalistin. Auch in Deutschland hatte sie viel fotografiert, Wochenendkurse besucht, sich mit Fotografen getroffen. Ich hielt das für einen Traum, einen von denen, die zu weit weg sind, an die man sich nicht traut und für die man einfach irgendwann zu alt ist. Es ist merkwürdig, daß es von diesen acht Tagen, an denen ich dort bei ihr war, keine Bilder gab, jedenfalls keine, die ich besitze.

Wir sitzen auf einer der Bänke in Brighton Beach, auf diesem Foto von Anne, die Sonne steht tief, es muß später Nachmittag sein, der Strand ist nicht mehr besonders voll und auch auf der aus schmalen Holzplanken gebauten Promenade sind wenig Menschen. Ich kann mich gut an diesen Tag erinnern, vielleicht weil an ihm fast nichts passiert ist, weil er so leicht war. Es war Wochenende, wir hatten lange geschlafen, gefrühstückt und sind dann dort rausgefahren mit der Subway und ein Stück am Strand entlanggelaufen. Es war voll und wurde leerer, je mehr man sich Brighton Beach näherte. Auch der Lärm nahm ab von dem verrotteten Vergnügungspark, in dem sich mühsam ein paar Karussells drehten und um den herum die meisten Menschen lagen. Wir aßen Eis und setzten uns anfangs in den Schatten. Viele osteuropäische Emigranten saßen dort und sahen über das Meer, so als würden sie sich tatsächlich wieder zurückwünschen nach Sotschi oder Odessa. Viele von ihnen saßen aber auch mit dem Rücken zum Meer auf den Bänken, mit der Brust gegen die Lehne und lasen Zeitungen in kyrillischer Sprache. Wir haben darüber gelacht und waren gerührt, selbstverständlich gerührt, und deshalb sitzt Susanne so auf der Bank wie sie. Wie diese Emigranten, mit dem Rücken zum Meer. Ihre Arme sind auf die Lehne gestützt, und ich sitze neben ihr, richtig herum, mein Kopf liegt auf der Lehne mit dem Gesicht in den Himmel. Meine Augen sind geschlossen, und Susanne sieht über mich hinweg. Hinter uns, und das können weder sie noch ich sehen, gehen zwei alte Männer die Promenade entlang. Sie tragen Windjacken und Schiebermützen. Der eine hat sich bei dem anderen untergehakt, und Anne hat sie in einem Moment fotografiert, in dem sie beide die Beine merkwürdig zur Seite werfen, wie in einem alten Slapstickfilm.

Wir gewöhnten uns nicht aneinander, vielleicht sind acht Tage dafür auch zu wenig, aber ich hatte nicht mehr Zeit und konnte nicht mehr Urlaub nehmen. Ich meine, wir waren wie immer, wir waren ein altes Paar, das sich kennt und jede Bewegung des anderen weiß, wie bei einem Tanz, aber ich empfand es, danach besonders, so, als wenn wir denselben Tanz tanzten, aber unser Rhythmus nicht mehr derselbe war. Es war kaum zu spüren und für jemanden wie Anne überhaupt nicht zu bemerken. Sie wollte unsere Trennung, später, eine ganze Weile später, auch lange nicht glauben, vielleicht hat sie mir auch deshalb dieses Bild geschickt, weil wir so schön darauf aussehen, so zu zweit und doch allein.

Wenige Stunden, bevor ich wieder zurückflog, erklärte mir Susanne, daß sie noch einmal vorhatte, etwas zu verändern, und ich begriff das erst alles richtig wieder in Berlin, allein. »Ich schneide nur Archivmaterial zusammen, verstehst du. Und wenn ich mal auf einen Dreh gehe, dann ist das ein Zweiminutenbeitrag für eine Boulevardsendung. Es ändert sich nicht. Gar nichts ändert sich. Es ist hier noch schlimmer als in Berlin.« Sie weinte und lachte dabei im ständigen Wechsel, wischte sich den Rotz von der Nase und redete weiter und weiter. Dabei sah sie mich kaum an, sondern mehr auf die Tischplatte in dem Diner, wo wir vorher Hamburger und Fritten gegessen hatten. Wir saßen an einem kleinen quadratischen Zweipersonentisch. Der Raum war groß und leer, und über uns hing eine Reihe weißer Kugellampen, die Susannes Gesicht einen violetten Schein gaben. Ich nahm ihre Hand und hielt sie eine Weile, und sie zog sie wieder weg, weil sie weiterreden wollte. Weil sie sich am International Center of Photography bewerben wollte, um dann irgendwann das Fernsehen ganz zu vergessen. »Ich halte das nicht mehr aus.«

Wir hatten uns zwei Monate nicht gesehen. Sie war losgeflogen, und ich war zur verabredeten Zeit das erste Mal rübergekommen. Ein paar Tage hatte sie sich frei genommen und mir ihr New York gezeigt. Wir sind den Broadway hochgelaufen, durch die Lower Eastside, haben im Tomkins Square Park den Schachspielern zugesehen und vom Empire runter auf die Taxen geguckt. Ich habe mir das Chrysler Building, die Vereinten Nationen und Seagram Building angesehen, und ich wurde angesteckt von Susanne und Anne, die dauernd unterwegs waren, und ich kam am Anfang kaum hinterher. »Du gehst so langsam«, hatte Susanne am ersten Tag gesagt und gelacht.

Sie trug andere Kleidung als in Berlin, solche Hosen mit Seitentaschen auf Höhe der Knie, ihre Haare waren etwas kürzer und dafür noch dunkler. Wir haben viel im Bett gelegen in diesen acht Tagen, in ihrem winzigen Zimmer, in dem fast nur dieses Bett stand, ein kleines Regal und ein Einbauschrank. Ich habe ihr erzählt von Berlin, von der Arbeit, von Robert. Wir schliefen miteinander und haben uns gehalten, lange. Das ging, das konnten wir immer noch und immer schon.

Durch das Fliegengitter konnte man die Wassertanks auf den benachbarten Häusern sehen, und die Sirenen der Polizei und der Feuerwehr knallten zu allen Zeiten durch diese Gitter. Es war heiß, sie hatten keine Klimaanlage, und ich konnte wohl auch durch die Zeitumstellung oft nicht schlafen, während Susanne schlief und schlief, so als müßte sie sich auf etwas vorbereiten.

Ich ging einmal nachts aufs Dach und stand dort, das Empire State Building war rot-weiß-blau angestrahlt, und unten sangen ein paar Leute: »So ein Tag, so wunderschön wie heute.« Auf der C-Avenue gab es ein deutsches Restaurant, das außer den üblichen süddeutschen Spezialitäten wie Maultaschen, Spätzle und Haxen, die der Rest der Welt wohl für das einzige deutsche Essen hält, auch täglich irgendein Fußballspiel zeigte.

Dort oben auf diesem Dach begriff ich, daß ich eigentlich nur bis zu diesem Besuch geplant hatte, daß ich auf diese Situation mit einer Dauerfernbeziehung überhaupt nicht vorbereitet war. Und daß Susanne sich bereits nach zwei Monaten umorientierte und sich zu verändern begann, ohne mich, daran hatte ich nicht einmal gedacht. Es roch nach Abgasen und Teer auf dem Dach. Die Luft stand, und der Himmel war durch eine tiefhängende Dunstschicht verdeckt, in der sich gelb das Straßenlicht spiegelte.

Ich hätte nach New York gehen können, genauso wie Susanne, wir hätten es zusammen versuchen können. Aber ich habe mich nicht einmal getraut, daran zu denken, und ich war mir auch nicht sicher, ob ich die Geschwindigkeit dieser Stadt aushalten würde. Susanne gefiel es, aber ob sie mich dabeihaben wollte, das weiß ich nicht, sie hat es nie gesagt. Rückblickend nimmt meine Unzufriedenheit mit meiner Arbeit, mit dem Büro Lahn und dem, was ich tagtäglich so tat, dort ihren Anfang, in New York City, auf der C-Avenue.

Was auch immer uns klar geworden ist in diesen Tagen, auf dem John-F.-Kennedy-Airport war es nicht mehr zu verdrängen. Wir haben uns geküßt, und Susanne hat meine Nacken umarmt und wir versuchten zu lachen. Standen still nebeneinander, für Minuten. Irgendwann bin ich losgegangen. Ich habe nichts gesagt und sie nicht angesehen, und sie hat mich nicht aufgehalten. Ich habe meinen Koffer geschnappt und bin auf die Sicherheitskontrolle zugegangen. Habe meinen Paß gezeigt und mein Ticket, und als ich mich vom Check-in aus umdrehte und der Platz, an dem wir gestanden hatten, leer war, merkte ich, wie mich das beruhigte.

Der andere Mann, die Trennung, ihr Auszug in Berlin, die Vorwürfe, das Hin und Her, das kam erst ein halbes Jahr später. Heute sind ihre Sachen bei einer Firma eingelagert und über Freunde verteilt. Wir haben miteinander telefoniert, gestritten und es noch einmal versucht, bis es dann zu Ende war. Jetzt teilen wir uns immer noch Robert, der mir manchmal etwas von ihr erzählt. Aber selten, er denkt vermutlich, daß ich das nicht mehr hören will, und ich frage ihn auch tatsächlich nicht mehr nach ihr.

Als das mit meinem Vater passierte, hat sie mich sofort angerufen. Robert muß es ihr erzählt haben. Ich war schon wieder in Berlin, und sie rief abends an. Es war dunkel und noch kalt in Berlin und eben heller Tag und warm in New York. »Wo bist du?« habe ich sie gefragt.

»In Coney Island«, sagte sie. »Ich muß hier immer an dich denken, Christoph. Seit du damals hier warst. Ich war ewig nicht mehr hier draußen.«

Sie stand an einem dieser Kartentelefone, die es dort an der Promenade gibt, sprach mit mir und guckte auf das Wasser Richtung Europa. Sie klang wehmütig und traurig, und als ich ihr von meinem Vater erzählte, weinte sie und sagte zum Schluß: »Grüß ihn von mir, bitte. Ja? Machst du das?«

Ich sagte: »Das wird nicht gehen, Susanne. Das geht nicht mehr.«

5

»Scheiß auf die Liebe«, sagte Kristina, auf der schwarzen Ledercouch meiner Eltern sitzend, die Beine an den Körper gezogen. »Scheiß drauf.« Sie machte dabei eine wegwerfende Handbewegung, und sie war betrunken. Genau wie ich, der in einem der schweren Sessel saß, ihr gegenüber. Durch die offene Terrassentür zog warm die Nachtluft in den Raum und vertrieb ein wenig den Rauch von Kristinas Zigaretten, der über der brennenden Kerze in Schwaden stand.

Die Bulgarin hatte, als ich aus Hamburg wiederkam, am Herd gestanden und gekocht. Das hatte meine Gedanken, die ich während der Fahrt hatte, fast bebildert, wie sie jetzt dastand und in einem Topf rührte. Ich war dann doch noch durch Hamburg gelaufen, über die Mönckebergstraße zur Binnen- und von dort zur Außenalster. Ich habe auf einer Bank gesessen und den Joggern und Seglern zugesehen. So bin ich in den frühen Abendstunden nach Hause gekommen, wie mein Vater vor Jahren. Nur daß er aus Wismar kam, von der Technischen Hochschule, wo er seine Professur hatte. Jeden Tag fuhr er diese vierzig Kilometer, meistens mit dem Auto. Zwischen sechs und sieben Uhr kam er an, stellte das Auto ab und betrat das Haus. Jeden Tag. Und meine Mutter stand in der Küche und bereitete das Abendbrot vor. So wie Kristina, als ich über die Terrassentür ins Haus kam.

Am besten kann ich mich an die Dienstage erinnern, weil er an diesen Tagen einen grünen, fast durchsichtigen Beutel mit vierzig Brötchen und einem Schwarzbrot mitbrachte. Er vergaß nie, ihn am Tag davor in der Bäckerei in Zickhusen, einem Dorf auf der Hälfte seiner Fahrt, abzugeben, und so stand er dann, mit diesem Beutel und einem Bäckereiduft, in der Küche. Wir haben an diesen Abenden immer frische Brötchen gegessen und nicht wie sonst säuerliches Schwarzbrot. Ich mochte das, und es war ein Auftakt, weil die Brötchen dann in eine Plastiktüte gesteckt im Kühlschrank verschwanden, nur noch fürs Frühstück da waren und härter wurden, Tag für Tag, bis es wieder Dienstag war.

Wenn er das Haus betrat, wirkte er immer so, als würde er sich abbremsen, als müßte er erst mal gucken, wo er jetzt ist, als wäre nicht hundertprozentig klar, was ihn erwartet. Wir haben uns gefreut damals, ich bin, als ich klein war, oft auf ihn zugerannt und er hob mich hoch und ich saß für Sekunden auf seinem Arm. Dann habe ich damit aufgehört, so wie ich ihm irgendwann keinen Gutenachtkuß mehr gegeben habe, da war ich schon in der Schule. »Männer küssen sich wohl nicht«, sagte meine Mutter, und wir waren beide verlegen, er und ich.

Bis zum Essen hat er nichts Besonderes gemacht. Es gab keine festen Angewohnheiten oder so etwas. Er saß dann oft an der Stirnseite des Eßtisches mit Blick in den Garten und redete von seiner Arbeit. Ich hatte Bilder von Kollegen, Studenten und einer Hochschule im Kopf, lange bevor ich überhaupt richtig wußte, was das ist. Und meine Mutter hörte sich seine fachlichen Äußerungen an, so als würde sie die wirklich verstehen, und sagte hin und wieder: »Ich bin auch schon ein halber Ingenieur.«

Das war sie nicht, sie hatte Einzelhandelskauffrau gelernt und im Laden, wie die Samenfachhandlung meiner Urgroßeltern am Wittenburger Berg genannt wurde, gearbeitet. Bis Astrid geboren wurde. Dann hatte sie aufgehört und nie wieder angefangen. Sie überließ den Laden ihren Schwestern und der Mutter. »Ich wollte Kinder, das war mein Traum!« sagte sie, so als ob das ausreichen würde als Begründung. Für sie tat es das.

In meiner Klasse gab es niemanden, dessen Mutter zu Hause war. Alle Mütter arbeiteten. »Maja match nje rabotajet« oder »My mother doesn't work«, schrieb ich in unzählige russische und englische Lebensläufe oder an fiktive Brieffreunde. Das war nicht gut. Es war eine Errungenschaft, daß alle Frauen arbeiteten. In der zweiten großen Pause um 12.10 Uhr gingen alle zur Schulspeisung. Nur ich blieb zurück, mit ein paar wenigen aus anderen Klassen. Ich mochte das Essen der Schulspeisung nicht, fette gebratene Jagdwurst und süßliche Tomatensoße auf Spirellinudeln. Die grünen metallenen Bottiche, die mit einem Deckel verriegelt waren und aus deren verbeultem Aluminiuminneren dampfend das Essen geschöpft wurde, ekelten mich. Es ekelte mich, die Essensreste in die aufgereihten Wassereimer zu schieben. Für mich war es selbstverständlich, dort zu stehen auf dem leeren, staubigen Schulhof und zu warten, bis die Schule aus war, und dann heimzugehen und mit meiner Mutter zu essen. Ich hatte einen Schlüssel für zu Hause, aber ich brauchte ihn kaum, und er hing nicht um meinen Hals. »Diese Schlüsselkinder«, sagte meine Mutter manchmal, und es hatte keinen guten Ton.

Aber es sprach mich nie jemand auf ihren Hausfrauenstatus an. So weit ging es dann doch nicht. Auch nach dem Laden wurde nicht gefragt, vielleicht, weil meine Mutter nicht mehr dort arbeitete oder weil mein Vater Genosse war und so die Trennung zwischen gut und böse nicht so ganz einfach war. Schließlich waren sie verheiratet. Mein Vater wurde vom Staat als Arbeiter eingestuft, weil er Maurer gelernt und erst später das Abitur gemacht hatte. Auch als Professor galt er noch als Arbeiter und blieb so einer von ihnen, einer aus der herrschenden Klasse. Bis 1989. Für meine Mutter hatten sie nur ein »Sonstiges«.

Ich hatte Kristina von Susanne erzählt, von unserer Beziehung, von der Liebe, der Trennung, Berlin und New York. Wir hatten auf der Terrasse gesessen und gegessen und dabei angefangen, Wein zu trinken. Sie war schüchtern, lächelte viel und sprach wenig. Wir haben uns im Weg gestanden beim Decken des Tisches und gelacht, wenn wir beide nach der Salatschüssel griffen. Ich stellte ein paar Alibifragen zu Bulgarien und ihrem Leben, und sie gab mir Alibiantworten und wich aus.

Nach dem Essen tranken wir weiter, bis wir betrunken waren und wieder ins Haus gingen und uns Dinge erzählten, die den anderen nichts angingen. Nicht am ersten gemeinsamen Abend. »Morgen wird mir das peinlich sein«, dachte ich, als Kristina ihr »Scheiß auf die Liebe« sagte. Dann ging ich in den Keller, um noch mehr Wein zu holen.

Der Keller und der Garten gehörten meinem Vater. In der Wohnung war schon vor seinem Schlaganfall kein Zeichen seiner Existenz zu sehen. Es gab kein Bild, das er ausgesucht hätte, oder ein Möbelstück oder eine Gardine. Sicher hatte meine Mutter ihm vorher alles gezeigt, und er hatte es abgesegnet, wie sie sagte. Aber das war auch alles, und man konnte ihr daraus noch nicht mal einen Vorwurf machen. Es sah so aus, als würde es meinem Vater gefallen, daß ihm jemand das alles abnahm. Daß ihm jemand sein Leben abnahm, bis auf die Arbeit und den Garten.

Er hat das Haus gebaut und immer wieder renoviert, gestrichen, das Dach gedeckt und Regenrinnen herumgezogen. Aber es war ihm offensichtlich nicht wichtig, wie es innen aussah. Dort, wo man lebt. Er hatte keinen eigenen Raum, es gab kein Arbeitszimmer oder so etwas. Als man ihn emeritierte, sprach meine Mutter viel davon, eines der Kinderzimmer unter dem Dach für meinen Vater als Arbeitszimmer herzurichten. Ich habe nie eine Äußerung meines Vaters dazu gehört. Ob er es wollte oder brauchte und ob es ihm wichtig war. Meine Mutter wollte ihm dieses Zimmer einrichten, so wie sie uns ein Kinderzimmer gegeben hatte.

Im Garten war dies völlig anders. Hier herrschte er, und jede Blüte wurde von ihm ausgerichtet und bestimmt. Ich frage mich, ob sie je darüber gesprochen haben und ob ihr Leben generell so funktionierte? Daß jeder seinen Bereich hatte. Uneingeschränkt.

Ich ging hinunter in den Keller und setzte mich dort auf einen Bierkasten und lehnte mich an die weißgekalkte Wand. Es war kühler hier, und mir war angenehm vom vielen Wein. Es schaukelte ein wenig, wenn ich die Augen schloß. Der Wein liegt in zwei großen Apothekerschränken, die meine Eltern seit Jahrzehnten besitzen, irgendwann von irgendwem bekamen.

An dem Schlüsselbund in meiner Hand hing ein kleines Schild, ein Streifen Metall, auf dem das Wort »Keller« steht, mit einem Hammer und Körner eingeschlagen. Akkurat und gerade stehen die Buchstaben darauf. Ich habe dieses Schild gemacht, im Werkunterricht in der ersten oder zweiten Klasse. Man ging hinunter in den Keller der alten Villa, die unsere Schule war und die neben dem Rundfunkgebäude steht, kurz vor dem Berg, der hoch zum Zoo führt. Dort unten standen kleine Werkbänke für kleine Kinder, und hier nagelten und feilten wir Dinge wie dieses Schild, alle zwei Wochen.

In diesem Raum bin ich auch gefragt worden, ob ich Westfernsehen gucke. Das erste und einzige Mal, soweit ich mich erinnere, daß ich das gefragt wurde von offizieller Seite. Es war hier immer ein bißchen dunkel gewesen oder gelblich erhellt vom künstlichen Licht auch am Tage. Wir alle wurden gefragt. Zwanzig kleine Erstkläßler. Und einige schrien ja und daß es viel besser sei. Die Lehrerin saß da, ihre gräulichen Haare waren zu einem Dutt gebunden, und sah kaum von dem auf, was sie in der Hand hatte. Ich habe mit sieben Jahren geantwortet, daß ich kein Westfernsehen gucke. Vermutlich hätte ich dies auch schon mit vier Jahren geantwortet. »Nein, nicht«, sagte ich, und die Lehrerin war es zufrieden, obwohl bei uns zu Hause nur Westfernsehen geguckt wurde. Die Antenne unter dem Dach war so groß, daß das Ostfernsehen gar nicht anzusehen war. Es war völlig übersteuert und verschwommen.

Ich kann mich an die Angst in dieser Situation erinnern und daran, daß ich sofort wie aus der Pistole geschossen sagte: »Nein, nicht.« Und ich kann mich daran erinnern, wie meine Eltern immer Heinzelmännchen sagten statt Mainzelmännchen, und daß ich diesen Unterschied erst viel später begriffen habe. Aber ich hatte offensichtlich sehr früh erkannt, daß es unsere Familie gab und eine Welt da draußen, die anders war und in der man sich anders benahm und in der man lügen konnte, ja sogar mußte.

Mein Vater hatte seiner Partei abgeschworen, nicht öffentlich, aber eben in dieser Familie, vermutlich mit der Hochzeit, und es hat ihm wohl keine Mühe bereitet. Er ist aus Karrieregründen eingetreten damals, vielleicht hat er ihnen auch geglaubt in den Fünfzigern. Sie haben um ihn gebuhlt, um den Schlossersohn, der Maurer wurde und das Abitur machte an der Arbeiter-und-Bauern-Fakultät. Das war perfekt. Auch wenn aus dem Maurer ein Professor wurde und der Schlosservater irgendwo in den ukrainischen Sümpfen lag, in einer Uniform, die diesseits der Elbe niemand freiwillig getragen hatte. Zumindest konnte sich niemand mehr daran erinnern. Vom Schlosservater wußte man das auch nicht.

Die Familie, seine neue Familie, zog ihn damit auf, daß er ein Roter war, und er ließ sich das gefallen, und wenn es ihnen nutzte, wenn er etwas besorgen konnte von der Baustoffversorgung oder einen Handwerker, dann wurde das ohne Murren angenommen. Von allen.

Sie besprachen so etwas am 1. Mai, wenn der Frühling kam und sie wieder begannen, an ihren Häusern zu bauen. Der 1. Mai war ein reiner Männertag in meiner Familie. Nur die Männer und Kinder nahmen an der Kundgebung teil und trafen sich später im Tappenhagen bei den Urgroßeltern zum Frühschoppen. Mein Vater kam immer als letzter, weil er in Wismar mit der Hochschule marschierte. Er hätte sich leicht drücken können vor der Familie, um sich die Witze zu ersparen über den siegreichen Kommunismus und die allmächtigen Lehren, die auf den Bannern standen, unter denen wir gingen. Er lachte und ließ sich in einen Sessel fallen und von der Großmutter ein Bier reichen. Wie zu allen anderen Feiertagen hatten sie über den Laden gutes Bier besorgt, Wernesgrüner oder Radeberger, und das wurde jetzt getrunken. Mit Spiegeleiern und Speck.

Die Tribüne mit den lokalen Parteigrößen stand auf dem Alten Garten auf den Treppen des Museums. Das Haus meiner Großeltern lag direkt dahinter. Man stand irgendwo in der Stadt und dann ging es sternförmig aus allen Richtungen auf den Alten Garten zu. Es dauerte ewig, vielleicht drei Stunden, bis man diese tausend Meter vom Treffpunkt bis zum Alten Garten überwunden hatte. Nach wenigen Metern stoppte der Zug wieder, ließ einen anderen Zug vor. Es wurde geredet, von einem Bein auf das andere getreten und auch schon getrunken. Einige saßen auf den Bordsteinkanten, und wieder andere aus großen Betrieben verschwanden, wenn sie gesehen worden waren und ihren Strich hatten.

Wir bogen ein vor die Museumstreppe, über ein Megaphon wurde gerufen, was sich die Arbeiter, Schüler, Lehrer alles vorgenommen hatten für das nächste Jahr. Dann war man auf der Höhe der Greise, die mit Papierfähnchen von der Treppe herunter winkten, und dann ging es schnell. Direkt danach löste sich alles in Windeseile auf, und ich ging um die Menschenmassen herum zum Tappenhagen.

Da saßen dann schon alle, bis auf meinen Vater, und tranken Bier. Die Großmutter, ihre Eltern und meine Tanten waren nicht auf der Kundgebung. Der Laden ging nicht demonstrieren. Sie wurden nicht kontrolliert wie der Rest, mit Strichlisten, oder es war ihnen egal, und vielleicht wollte man auch keinen eigenen Block bilden mit den kümmerlichen Resten der Privatwirtschaft. »Sonstige«.

Mein Vater kam, ließ sich von seinen Handwerkerschwägern aufziehen und stieß seine Flasche gegen deren. »Prost, Roter«, und dann hörten sie damit auf, und er lächelte und trank, und manchmal ging ich zu ihm und setzte mich auf die Lehne seines Sessels. Ich wartete immer, bis sie mit ihm fertig waren, bis es wieder um andere Dinge ging. »Bier schmeckt besser aus braunen Flaschen«, sagte Onkel Kurt, der Tischler, fast jedesmal. »So ein Quatsch«, sagte mein Vater. »Warum denn?«

»In grünen reift das anders. Das hat mit dem Licht zu tun, Professor. Das solltest du wissen.« Dann saß ich neben ihm, manchmal, wenn sie so redeten. Er legte mir die Hand auf den Rücken, ließ sie für Sekunden liegen und nahm sie dann wieder weg, um nach seinem Bier zu greifen oder sich über den Oberschenkel zu fahren.

Später liefen wir durch den Schloßgarten zurück mit Astrid und Gerd, und manchmal lief ich, als ich noch klein war, da an seiner Hand. Vorbei am Schloß und den Franzosenweg am Schweriner See entlang. Er redete nicht viel dabei und roch nach Bier. Seine Hand war klein, aber muskulös, so wie sein ganzer Körper, und fast war es mir peinlich, so mit ihm zu gehen. Ich war froh, wenn er mich losließ, um der Mutter ein paar Weidenkätzchen zu brechen. Sie erwartete uns zu Hause mit dem Mittagessen. Sie sah uns immer alle nur kommen und gehen, und ihr muß der Tag wie ein Sonntag erschienen sein. Wie ein ungewöhnlicher Sonntag.

Aber am 1. Mai wurde auch immer gestritten oder besser am 30. April. Wegen der Fahne, wegen Schwarz-Rot-Gold mit Hammer und Zirkel und Ehrenkranz. »Schrecklich«, sagte meine Mutter, wenn mein Vater sie aus dem Keller holte und aus dem Wohnzimmerfenster hängte. Und dann redete sie den ganzen Tag nicht mehr mit ihm. »Es geht nicht anders, Viktoria. Das kann ich mir nicht leisten. Die gehen hier morgen rum und machen ihre Striche. Es ist so schon schwer genug.«

So schon, das war sie und der Laden, die kapitalistischen Schwiegereltern, die Westbesuche und Freundinnen, die die Ausreise beantragt hatten. Er ertrug, daß Kelly bei uns schlief, wenn sie uns besuchte, obwohl sie bei meiner Großmutter gemeldet war. Eingetragen wurde in deren Hausbuch. Aber das Auto mit dem Hamburger

Kennzeichen, das mußte sie in den Tappenhagen stellen, das duldete er nicht vor der Tür. »Und bitte sitzt nicht soviel draußen, es muß ja nicht jeder sehen.«

Aber sie setzten sich raus und lasen die Zeitungen, die Kelly mitgebracht hatte. Den *Spiegel*, den *Stern* und *Das goldene Blatt*. Kelly sammelte sie in Hamburg bei Verwandten und Bekannten fast wahllos ein und brachte sie, ohne jemals damit erwischt zu werden, mit. Wobei ihr die Klatschblätter lieber waren, weil sie dachte, daß man dafür weniger Ärger bekam als für Politik. Sie saßen dann nebeneinander mit der *Sibylle* oder der *NBI* in der Hand, die als Schutzumschlag für die Blicke der Nachbarn oder sonstwen herhielten. Aber alleine am zufriedenen Blick meiner Mutter hätte man erkennen müssen, was sie da las. So Seite für Seite.

Als ich aus dem Keller wieder in die Wohnung kam, sah ich, wie sich Kristina eine Zigarette am Filter ansteckte. Aber auch sie bemerkte das, lachte, machte sich eine neue an und legte eine CD ein. Ich hörte Gitarren und Menschen kreischen, bei einem Konzert. »Meinst du, er kann das hören?« fragte sie und deutete mit dem Kopf in die Richtung des elterlichen Schlafzimmers. Es war das erste Mal an diesem Abend, daß sie meinen Vater erwähnte, sie mußte ihn gewaschen und gefüttert haben, ihm die Medikamente gereicht und seinen Urinbeutel gewechselt haben. Zumindest hoffte ich, daß sie dies alles getan hatte. Ich wollte nicht über meinen Vater reden und sagte: »Nein, ist okay. Warum willst du auf die Liebe scheißen?«

Sie sah mich an, als hätte ich etwas völlig Absurdes gesagt, und dann konnte ich an ihren Mundwinkeln sehen, die sich langsam hoben, wie sie sich daran erinnerte, was sie vor wenigen Minuten gesagt hatte. Aus den Boxen meiner Eltern sangen nun, da war ich mir sicher, »The Cure«, und das hieß auch, daß Kristina sich CDs mitgebracht hatte, denn von Astrid, Gerd oder mir gab es hier keine. »Show me, show me, show me how you do this trick …«, sang Robert Smith, und Kristina sagte: »Ach was denn? Welche Liebe denn? Meine, deine, die von deiner Freundin da in New York? Die von deinen Eltern hier mit Haus, Swimmingpool und auch, wenn einer schon gar nicht mehr da ist? Laß mich in Ruhe mit dem Scheiß.«

Ich goß ihr Wein nach, und sie sagte: »Nein Wein«, drückte den Rücken durch und sagte sehr langsam: »Ich meine, ich möchte bitte keinen Wein mehr, mein Herr.« Ihr Akzent wurde stärker, je betrunkener sie war.

»Ich hatte einen Freund in Sofia, auch ein Musiker wie ich, auch klein wie ich. Er war der beste Saxophonist in Bulgarien. Aber sonst gar nicht so lustig. Aber das war egal. Den habe ich geliebt. Drei Jahre lang und dann nicht mehr. Kannst du mir das erklären?«

»Nein.«

»Siehst du. Dann war ich in Karlsruhe auf einem Gastspiel und habe dort einen kennengelernt. Viktor hieß der und kam aus dem Schwarzen Wald. Der war auch klein und hatte ein schmales Gesicht und so lange Wimpern. Der konnte tanzen auch wenn er völlig blau war, so konnte der tanzen …« Sie machte ein paar langsame Bewegungen zur Musik.

»Dann habe ich mich in den verliebt. Habe mir seine Geschichte angehört und ihm meine erzählt. Und gelacht, wenn er mit der Zunge die brennende Kippe in den Mund gesteckt hat und die Lippen zu. Und dann mußte ich zurück und habe geweint und er hat auch geweint, und als ich gelandet bin in Sofia, bin ich in einen Bus gestiegen und drei Tage zurück nach Karlsruhe gefahren. Durch

Serbien, Kroatien, Slowenien, Österreich nach Scheißkarlsruhe. Und er hat sich gefreut, als ich vor seiner Tür stand und ist mit mir rumgefahren. Nach Frankreich und in die Schweiz und hat gesagt, daß er mich besucht. Er kam, er kam wirklich nach Bulgarien. Vier Wochen später kam er. Dann sind wir wieder rumgereist, ans Schwarze Meer und in die Berge und zusammen liegen und reden und Mastika trinken und zusammen schlafen und wieder los am nächsten Morgen. Und dann ist er zurückgeflogen, nach zwei Wochen. Was hätte ich tun sollen? Wieder los mit dem Bus? Zurück zu meinem kleinen Saxophonisten? Viktor hatte nach vier Monaten eine andere Freundin. Er hat mir das geschrieben, und ich habe ihm geantwortet. Er hat mir immer alles geschrieben, so als wäre ich seine Scheißschwester oder was, und ich habe immer geantwortet. Alles klar, ich versteh dich! Ich versteh ihn ja auch wirklich. Er war in allem wie ein Kind. Wie ein großer Junge, und das habe ich an ihm geliebt, und nun schlug er mir das, ohne es zu merken, um die Ohren. Seine Kindlichkeit. Aber ich lag da, fast ein Jahr in Sofia und konnte nicht mehr und wollte nicht mehr und abends zum Orchester und einmal noch geküßt mit dem Saxophonisten und nach Hause gegangen und angeschrien am nächsten Morgen. Und dann nie wieder geredet, nie wieder bis heute. Ich sage dir was, ich heirate den nächsten, der mich liebt, den nächsten, der nett zu mir ist.«

Sie trank das Glas aus und sagte nichts mehr, als ich es ihr wieder vollgoß, sondern nahm es sofort wieder in die Hand.

»Einen Deutschen?« fragte ich.

Sie grinste mich an: »Kleines Bulgarenmädchen sucht deutsches Mann. Ist mir egal, kann auch ein Holländer oder Armenier sein.«

Wir tranken weiter, und sie erzählte mir noch, daß sie nach Schwerin gekommen sei, weil eine Freundin von ihr hier als Schauspielerin am Theater arbeitet und daß sie vorgespielt habe bei verschiedenen Orchestern in deutschen Städten, aber offensichtlich seien überall die Exotenrollen schon besetzt. Gebe es genug Bulgaren, Rumänen oder Russen. Und so hat sie angefangen, diese Putz- und Gartenarbeiten anzunehmen und alle drei Monate zurückzufliegen für eine Zeit und dann wiederzukommen. Manchmal spiele sie noch in Bulgarien, aber selten. »Ich habe mit dreiundzwanzig in der Sofiiska Filharmonia gespielt. Was soll da noch kommen? Und Bulgarien ist verloren. It's lost. Es deprimiert mich zu Tode.«

Dann sagte sie irgendwann: »Ich sehe noch einmal nach deinem Vater«, und ich begann den Tisch abzuräumen. Sie half mir dabei, und die Schüchternheit und Unsicherheit des Anfangs überkam uns erneut. Ich sagte: »Gute Nacht.« Und ging hoch in mein Kinderzimmer, in dem nichts mehr an mich erinnert außer die Möbel, die noch dieselben sind. Meine Mutter hat es malern lassen, als ich die erste Wohnung in Berlin hatte, und meine Bücher und Spielsachen verschwanden im Keller. Sie hatte das auch bei Astrid und Gerd so gemacht. Was vorbei ist, ist vorbei.

Ich lehnte mich ans Fenster und sah rüber auf das Haus des Bonzen aus der Bezirksleitung der SED, in dem dann ein Bonze aus der damaligen Bezirksleitung Suhl wohnte. Sie hatten in den Wirren des Herbst '89 einfach getauscht und sich so dem Zorn ihrer Mitbürger entzogen. Als es bekannt wurde, wer da für wen eingezogen war, hatten die Leute schon wieder andere Probleme, und der Mann aus Thüringen verkaufte das Haus auf dem jetzt freien Markt.

Mein Vater hat früher unseren hochrangigen Nachbarn, diesen kleinen, untersetzten Mann, der jeden Morgen mit einem Peugeot abgeholt wurde, immer wortlos gegrüßt, durch das Heben der rechten Hand. Dann hat er weggesehen. Nach unten oder in eine andere Richtung. Meine Mutter grüßte ihn laut und freundlich und nannte ihn im Haus einen »schrecklichen Kerl«.

Als die Tür aufging und Kristina dastand mit dieser brennenden Kerze, dem Aschenbecher und ihren Zigaretten, muß ich schon geschlafen haben. Oder ich war gerade auf dem Weg dahin. Ich erwachte und sah sie in der Tür stehen, in einem weißen Schlafanzug und mit einer kleinen, schwarzen, eckigen Brille. Ich glaube, ich habe es noch nie bemerkt, wenn eine Frau Kontaktlinsen trägt. Noch nicht ein einziges Mal, und bin immer wieder erstaunt, ja verwundert, sie dann plötzlich mit Brille zu sehen.

»Rauchen wir noch eine zusammen?« fragte Kristina, als sie schon auf der Bettkante saß, und ich sagte: »Ich rauche doch gar nicht.«

»Das macht nichts« sagte sie, da lag sie schon mit ihrem Kopf auf meiner Hüfte und blies den Rauch gegen die Decke. Sie hielt mir die Zigarette hin, und ich schob ihre Hand zurück und ließ sie rauchen, still und wortlos. Sie drückte die Zigarette aus, blieb liegen, ja, und fing irgendwann an zu schnarchen. Leise, aber deutlich und sehr echt.

Noch während sie geraucht hatte, hatte sie die Füße hochgezogen, und jetzt lag sie wie eine Katze zusammengerollt immer noch mit dem Kopf auf meiner Hüfte. Sie war warm, und sie roch gut. Ich weiß nicht, was sie vorgehabt hatte, und ich war enttäuscht, daß sie eingeschlafen war. Enttäuscht und aufgeregt. So konnte ich nicht liegenbleiben. Nicht in diesem engen Bett. Ich hatte seit über einem Jahr mit keiner Frau geschlafen.

Als Kristina sich bewegte nach einer Weile, ihren Kopf auf das Laken legte, bin ich aufgestanden, habe ihr vorsichtig die Brille abgenommen und sie zugedeckt. Dann bin ich rübergegangen in Astrids Zimmer, in das Zimmer, in dem jetzt meine Mutter schläft, und habe mich dort in ihr Bett gelegt.

6

Mein Bruder sieht aus wie eine groteske Karikatur meines Vaters. Er hat sich wirklich Mühe gegeben, das zu verhindern, dagegen anzugehen, bewußt oder unbewußt. Seine Haare hängen lang und dünn um seinen Kopf, grau und strähnig. Auch seine Brille ist kein feines, leichtes Kunststoffgestell mit eingeschliffenen dünnen Gläsern, sondern eine runde Nickelbrille, hinter der die gräulichen Augen klein wirken, als würden sie sich verstecken. Das alles nützt nichts, denn das schmale Gesicht und seine Körperhaltung erinnern an meinen Vater, auch wenn Körper und Gesicht aufgedunsen wirken und hängend, nicht trainiert und gespannt, wie bei meinem und seinem Vater vor dem Schlaganfall.

Gerd kam am fünften Tag meines Schwerinaufenthalts, war plötzlich erschienen am Abend, und wir setzten uns in den schmalen holzverkleideten Raum, der vor der Bootsgarage lag, in der der braune Jollenkreuzer meines Vaters im Wasser schwamm. Die Tür stand weit offen, jeder eine Flasche Bier in der Hand. Er hatte gesagt, er wolle nicht raus auf das Handtuchfeld aus Rasen, das zu jedem Schuppen dazugehörte, und wo die Nachbarn waren und grillten.

Mein Vater hat dieses Boot am Ende der siebziger Jahre gekauft und auch den Schuppen dazu gepachtet und sich damit einen Freiraum geschaffen, einen eigenen Ort, obwohl ich nicht weiß, ob er das wirklich wollte, ob es ihm darum ging. Meine Mutter segelte sehr gern, aber den Bootsschuppen in der Altstadt, am »Beutel«, wie die Bucht des Schweriner Sees genannt wird, den mied sie. Es waren lange Reihen hölzerner Schuppen, in denen die

Boote lagen und man Tür an Tür mit den anderen Bootsbesitzern lebte. Es war wie eine Kleingartenkolonie, nur daß die Häuschen eben über dem Wasser standen.

Die Schuppen waren zu klein, um darin zu schlafen, aber ich wohnte trotzdem seit drei Tagen hier und schlief nachts in der »Maria«, dem Schiff meines Vaters. Lag in der Spitze des Holzbootes und ließ mich schaukeln auf den Wellen des Schweriner Sees, weit weg vom Kalkwerderring, von der Bulgarin und meinem Vater. Am Morgen, nachdem ich mich mit Kristina betrunken hatte, kümmerte sie sich sehr selbstverständlich um alles. Ich hatte lange geschlafen, und als ich aufstand, war mein Vater versorgt, Kristina arbeitete im Garten, und mein Frühstück stand vorbereitet auf der Terrasse. Sie winkte mir zu aus einem Blumenbeet, in dem sie stand, ihre Hände steckten in rosa Gummihandschuhen, und nach einer Weile kam sie und setzte sich zu mir, trank einen Kaffee und rauchte eine Zigarette.

Und ich hielt das nicht aus. Kristina war sehr schön, anziehend und auch fremd, aber sie verschwand immer wieder im Schlafzimmer meiner Eltern, und auch wenn ich das nicht mußte, so lag darin, denke ich, doch die Unmöglichkeit für mich, hier so weiterzumachen. Etwas zu beginnen, vielleicht oder auch nicht, in der Schwebe zu bleiben. Und mein Vater lag unter diesem Dach, wie ein Wächter. Ich hielt das nicht aus.

Und nahm mir also den Schlüssel von seinem Bootshaus, leitete das Telefon auf mein Handy um und verschwand. Kristina lächelte und fragte nichts, als ich ihr erklärte, daß ich ein paar Tage meine Ruhe bräuchte.

»Schläfst du manchmal hier?« fragte ich meinen Bruder und wußte, daß das so war. Ich hatte seinen zusammengerollten Schlafsack in der Kajüte liegen sehen. Außerdem war die Tatsache, daß er sich um das Boot seines Vaters kümmerte, der einzige positive Aspekt aus seinem Leben, den meine Mutter mir gegenüber ab und zu erwähnte. »Gerd kümmert sich um die Maria. Das macht er, das muß man wirklich sagen.« Ansonsten sprach sie nur hin und wieder von seinem »Problem«, wenn sie überhaupt über ihn redete.

Meine Bruder trinkt und das seit Jahren, und es ist ihm auch anzusehen. Er macht gar keinen Hehl daraus. Im Bootshaus hatte er sich nach unserer Begrüßung sofort ein Bier genommen.

Er sah an mir vorbei, nickte und sagte: »Ja, ab und zu. Wenn ich am Boot arbeite. Macht ja sonst keiner. Muß ich ja machen.« Dann trank er wieder einen Schluck.

Meine Geschwister waren beide in der Studienzeit Eltern geworden. Während das bei meiner Schwester zu einem Hausfrauenleben führte, das dem meiner Mutter nicht unähnlich war, hatte Gerd nur bis zum Anfang der neunziger Jahre so etwas wie ein Familienleben geführt. Inken, seine Frau, die in Rostock Zahnmedizin studiert hatte, ließ sich von ihm scheiden. Daß er nur noch zu Hause rumsaß, ertrug sie, aber als er richtig begann zu trinken, beendete sie die Beziehung. »Ich habe zwei Kinder«, sagte sie zu meiner Mutter. »Ich brauche kein drittes.« Das war an Weihnachten gewesen, ein paar Wochen nachdem Gerd die gemeinsame Wohnung verlassen mußte. Sie waren am Nachmittag des Heiligen Abends zu meinen Eltern gekommen, der Kinder wegen, und Inken hatte diese zwei Sätze zu meiner Mutter gesagt, als diese sie gebeten hatte, es noch einmal mit ihrem Sohn zu versuchen. »Stell dir das vor«, sagte sie später zu mir. »Fertig, Schluß. Das ist nicht richtig.« Aber sie hielt den Kontakt zu ihrer Schwiegertochter und damit zu ihren Enkeln, und im Grunde genommen war ihr Verhältnis zu Inken besser als das zu ihrem eigenen Sohn, der fortan in einer Zweizimmerneubauwohnung auf dem Großen Dreesch Teil 4 lebte. Dort, wo Schwerin endet und wo dieses grauenhafte Neubaugebiet endet. Nach dem Mauerfall gab man den Bauabschnitten Namen und numerierte sie nicht mehr einfach. Also wohnt Gerd eigentlich im Mueßer Holz, aber Teil 4 trifft die Sache besser. Genau so sieht es dort aus. Der Beton türmt sich, und die Straßenbahn macht hier eine Schleife, um zurück in die Stadt zu fahren, so als wäre es ihr hier auch zuviel, als würde selbst sie aufgeben.

Meine Eltern halfen Gerd beim Umzug, gaben ihm Geld für die Wohnungseinrichtung und sahen seine Weigerung, sich richtig einzurichten, als Indiz für seinen Wunsch, sich mit Inken zu versöhnen. Ich glaube nicht, daß Gerd daran dachte. Er saß in dieser Wohnung und las und trank. Einmal in der Woche begann er mit dem Trinken erst am Abend, weil Inken dies zur Bedingung für einen gemeinsamen Nachmittag mit seinen Kindern gemacht hatte. Daran hielt er sich, ich glaube, das war das einzige, woran er sich hielt.

»Wie läuft es in Berlin?« fragte er mich über sein Bier hinweg. Wir waren einander ausgeliefert, weil keiner gehen wollte. Ich nicht, um nicht wieder in den Kalkwerderring zu müssen, und er nicht, weil er das Bootshaus als sein Territorium ansah und mich als Eindringling. Was hätte ich ihm sagen sollen? Ich wußte nicht einmal, was er wußte zu dieser Zeit, über mich und mein Leben. Ich sah ihn nur auf Familienfesten, und dort stand er unter der ständigen Beobachtung meiner Mutter, damit sein »Problem« an diesem Abend nicht ausuferte. Aber sie traf sich mit ihm in der Stadt, und er kam auch hin und wieder in den Schloßgarten. Auch er mußte nach seinem Vater sehen, das war etwas, das sie von ihm verlangte, und letztendlich war er immer noch gern dort, war er dort zu Hause auf eine Art.

»Ich weiß nicht, nicht so gut, ich bin ja auch arbeitslos.«

»Ja, das hat Muttern mir erzählt. Und deine Frau ist dir ja auch weggelaufen. Kenn ich alles, Kleiner, kenn ich«, sagte er und lächelte dabei, so als würden wir uns über eine Krankheit unterhalten, deren Symptome jetzt auch bei mir sichtbar wurden.

Unsere Eltern hatten sich ausgeklinkt aus dem großen Familienverbund, spätestens mit dem Hausbau am Kalkwerderring. Bis dahin lebten die vier Familien, die Urgroßeltern mit der Großmutter, die zwei Schwestern meiner Mutter und ihre Familien und wir, um das Geschäft, die Samenfachhandlung, und das Haus im Tappenhagen. Das war das Zentrum. Meine Eltern gingen noch nach Astrids Geburt jeden Abend in den Tappenhagen, weil es dort einen Fernseher gab, und wohl auch, weil ihnen das gemeinsame Leben um den Eichentisch fehlte. Sie ließen ihre neugeborene Tochter allein und schlichen nach ein paar Stunden zurück, bis das nicht mehr ging, bis Astrid zu groß war, um sie allein zu Hause zu lassen.

An den Wochenenden in den warmen Monaten fuhren alle nach Kühlungsborn. Mein Urgroßvater, der Patron, hatte in den fünfziger Jahren eine alte Pension gekauft, das Haus »Borussia«, das dort nur von einer Straße getrennt am Strand lag. Sie hatten es einem kirchlichen Träger abgekauft, was eigentlich völlig unsinnig war, weil die einzelnen Pensionszimmer in den drei Stockwerken vermietet waren an Flüchtlinge und Menschen, die nicht unbedingt zum normalen Umgang meiner Familie gehörten. Ehemalige Häftlinge, Trinker, eben Menschen, denen es nichts ausmachte, in einem Pensionszimmer zu wohnen und sich die zwei Toiletten zu teilen, die es auf dem Flur gab. Bis 1989 hatte die Stadt das Recht, hier immer wieder Leute einzuquartieren. Damals war nur der Frühstücksraum frei, ein heller großer Raum, von dem aus man das Meer sehen konnte. Es wurde noch ein Zimmer angebaut für die Familie meines Klempneronkels, und die des Tischleronkels bezog eine Art Keller. Ihnen gehörte das Haus, aber sie wohnten selber dort wie auf der Flucht. Und ein anderes Haus war nicht zu haben.

Aber es gab einen großen Garten dort, in dem für jeden der Alten eine Hollywoodschaukel stand für den Mittagsschlaf, und in der Mitte des Rasens war ein riesiger Windschutz aufgespannt, im Halbkreis, wo alle Mahlzeiten gegessen wurden. Sie lebten zwischen den großen Heimen des Gewerkschaftsbunds und waren stolz auf den hellblauen Strandkorb, der keine Nummer trug wie die anderen und den die Männer am Anfang des Sommers an den Strand schleppten. Sein Platz wurde verteidigt gegen die Sachsen, wie die Urlauber genannt wurden, egal, woher sie wirklich waren.

Meine Urgroßeltern und meine Großmutter gingen nie an den Strand, das taten nur die Jungen und die Enkel. Es war sinnlos, dieses Haus zu besitzen, und doch war es schön dort. Sehr schön, und ich habe mich gern mitschicken lassen von meinen Eltern und in einem dieser merkwürdigen, überfüllten Räume auf einem Campingbett geschlafen. Für meine Eltern war dort kein wirklicher Platz, aber sie wollten wohl auch keinen. Mit dem Hausbau blieben sie in Schwerin und wenn sie Urlaub an der Ostsee machten, dann kümmerten sie sich um eine Privatunterkunft auf Hiddensee oder in Ahrenshoop.

Gerd war noch lieber dort gewesen als ich. Die Cousins und Cousinen waren eher in seinem Alter, und er hing mit ihnen herum und verbrachte jeden Sommer soviel Zeit dort wie möglich. »Fehlt dir Kühlungsborn, manchmal?« fragte ich ihn, auch um aus dem Schweigen über Arbeitslosigkeit und weggelaufenen Frauen herauszukommen. Er machte eine wegwerfende Handbewegung, nahm einen langen Zug aus seiner Bierflasche und sagte: »›Borussia‹, was soll es.« Wir haben nie »Borussia« gesagt, auch wenn das Haus so hieß und es bis zum Anfang der achtziger Jahre sogar an der Fassade stand mit großen verwitterten Buchstaben. Dann mußte meine Großmutter es übermalen lassen, nicht weil das Wort Preußen bedeutete, mit denen freundete man sich in Ostberlin ja wieder so langsam an, sondern weil zwei westdeutsche Fußballvereine so benannt waren und wohl zu viele Touristen nur noch daran dachten.

»Alles hin und weg«, sagte mein Bruder im Bootsschuppen. »Jetzt, wo man könnte, gehört es irgendeinem westdeutschen Investorenarsch.« Meine Großmutter hatte das marode Gebäude gleich nach dem Mauerfall verkauft und war froh, es nicht schon vorher umsonst an den Staat gegeben zu haben. Aber dieses »jetzt, wo man könnte« war genau Gerds Problem.

Seine Zeit war die gewesen, in der das Regime in die Knie ging vor Demonstranten, die am Montag nach der Arbeit auf die Straße gingen. Und dann wieder eine Woche arbeiteten bis zum nächsten Montag. Oder vor den leeren Kassen oder dem neuen Vorsitzenden in Moskau, der ihnen nicht mehr half und dessen Gesicht viele auf einem Anstecker an der Jacke trugen, wie einen Popstar.

Das konnte man schlecht verbieten. Auch Gerd hatte einen, selbstverständlich. Es gab Diskussionen mit meinem Vater, weil der Angst hatte, Angst um seinen Jungen, der nach Berlin fuhr zur Gegendemonstration am 40. Jahrestag der DDR, bei der noch geknüppelt wurde von der Volkspolizei, und später auch nach Leipzig, weil in Schwerin nichts passierte für Wochen. Er hatte wohl auch Angst vor seiner Partei und davor, daß ich keinen Studienplatz bekommen würde, ich war im Abitur, und über meine Unterlagen wurde gerade entschieden an der Technischen Universität in Dresden.

Mein Bruder fuhr zu jeder Demonstration, die er erreichen konnte, und brüllte meinen Vater an: »Mensch, wie lange denn noch? Wenn jetzt noch immer nicht? Du sitzt an den Montagen immer noch in deinen Parteiversammlungen und hörst dir diesen Käse an!«

»Dann kommst du erst mal besser nicht hierher«, sagte mein Vater, und Gerd war für ein paar Sekunden wirklich still, wie geschlagen. Aber er mußte nichts dagegen sagen, er konnte gar nicht, weil meine Mutter sagte: »Mein Sohn wird wohl in sein Elternhaus kommen können.« Worauf mein Vater verschwand, sich verzog, vermutlich am Schweriner See spazierenging, und meine Mutter eine halbe Stunde lang versuchte, meinen Bruder zu überzeugen, nicht mehr »dort« hinzugehen. Es zu lassen. Es war sinnlos, auch wenn er sie nicht anbrüllte.

Natürlich wurde auch an meiner Schule über nichts anderes geredet. Ich saß im Oktober 1989 mit einem Freund im Café Prag, einem plüschigen Laden in der Altstadt, und neben uns am Tisch zwei Männer aus Leipzig. Sie sahen uns plötzlich an und sagten: »Wie lange wollt ihr hier oben noch warten?« So als wenn wir, zwei Achtzehnjährige, das zu entscheiden hätten.

Ich hatte die Ängste meiner Eltern. Wollte studieren und Architekt werden, aber als der Buschfunk die erste Demonstration in Schwerin ankündigte, da wollte ich auch auf die Straße. »Dann geh du doch wenigstens«, sagte ich zu meinem Vater, der im Grunde genommen auf der Seite der Demonstranten war. Er sah mich an und sagte: »Und dann bekommst du keinen Studienplatz, und in ein paar Wochen geht das hier alles wieder seinen sozialistischen Gang? Dann werde ich meines Lebens nicht mehr froh. Nein, Christoph, ganz bestimmt nicht.« Und meine Mutter sah ihn an und nickte.

Es kam anders, zu meinem Glück kam es anders, weil die *Schweriner Volkzeitung*, die Zeitung der Bezirksleitung der SED, an diesem Montag den Spieß umdrehte und den Versammlungsort des »Neuen Forums« für sich proklamierte. Sie riefen einfach zu einer Diskussion auf dem Alten Garten auf, um so den eigentlichen Demonstranten den Wind aus den Segeln zu nehmen. Die hatten natürlich nach ein paar Stunden einen neuen Ort, den Dom, und auch das wußte jeder nach kurzer Zeit. Ich zeigte die Zeitung meinem Freund Johannes, mit dem ich im Café Prag gesessen hatte, der engagiert in der Jungen Gemeinde der evangelischen Kirche war, und der sagte nur: »Wir treffen uns im Dom.« Das war der Punkt, im Grunde genommen brachte mich die SED selbst auf die Demonstration.

Ich kann mich nicht mehr erinnern, wie die Stadt ausgesehen hat an diesem Montag. Ob sie voller war als sonst, aufgeregter, gespannt. Wie ich in den Dom gekommen bin. Ich weiß nur noch, daß ich durch Johannes in der ersten Reihe gesessen habe, gut sichtbar, was mir merkwürdigerweise egal war. Es war, als hätte ich mit der Entscheidung hinzugehen einen Schalter umgelegt und nun komme, was da wolle. Ich war gar nicht erst nach Hause gegangen, um den Fragen meiner Mutter auszuweichen. Die stand, wie ich später erfuhr, mit meiner Schwester auf dem Alten Garten, wo die SED ihre Show abzog und in Bussen herangekarrtes Klatschvieh alles niederbrüllte, was nach Kritik klang.

Im Dom hielt der Pfarrer eine Rede, es war mehr eine Rede als eine Predigt, und dann gingen wir los. In der Werderstraße standen mehrere Reihen berittene Polizei, auf die wir zugingen. Ich konnte sie gut sehen, weil ich mit Johannes' Kirchenfamilie in einer der vorderen Reihen lief. Mir verrutschte der Herzschlag für einen Moment, aber dann bogen wir ab in die Amtstraße und runter zum Pfaffenteich. Der Teich, der fast ein kleiner See ist in der Mitte der Stadt, war bald umringt von Demonstranten, und vor dem alten Arsenal, der lokalen Verwaltung des Inneren, stellten die Menschen Kerzen ab und liefen weiter.

Kurz davor hatte ich meinen Vater gesehen. Er war nicht in Wismar, wie ich vermutete. Er stand am Ausgang der Hermann-Matern-Straße, benannt nach dem lange verstorbenen Mitglied des Politbüros, von dem niemand mehr wußte, wofür er irgendwann einmal zuständig gewesen war, aber nach dem in der ganzen DDR wichtige Straßen benannt waren. Eigentlich stand er nicht, er lief auf und ab wie ein gefangenes Tier, vielleicht zwanzig Meter hin und her. Es wirkte, als würde er fürchten, sich auf der Straße die Füße zu verbrennen, oder so, als ob er am Ufer eines Sees einem Ertrinkenden zusehen müßte, ohne selbst schwimmen zu können. Ich sah ihn und er mich nicht in der Masse. Dann waren wir vorbei und schon bald auf dem Alten Garten, der inzwischen von der Partei geräumt war. Ein Mann mit einem Palästinensertuch um den Hals turnte auf halber Höhe an einer Straßenlaterne und brüllte immer wieder die Zahlen der zigtausend Demonstranten in den anderen Städten herunter. Leipzig, Berlin, Magdeburg.

Ich weiß nicht, warum mein Vater dort war. Ob er Gerd suchte oder mich, oder ob er einfach zufällig vom Bahnhof aus dort vorbeigegangen ist und stehenblieb. Und zu laufen begann. Hin und her. Ich habe ihn das nie gefragt, so wie ich ihn einiges nie gefragt habe, und er hat nie davon erzählt.

Dann ging ich mit Johannes nach Hause, der mir immer wieder auf die Schultern schlug, als hätte ich eine Mutprobe bestanden. Es war der Heimweg wie nach der 1. Mai-Demonstration, die ja auch immer auf dem Alten Garten geendet hatten. Zwischen Schloß, Museum und Theater. Wir gingen über die Schloßbrücke, und dort stand Gerd in seiner Jeansjacke mit dem Gorbatschowsticker. Er verteilte Flugblätter für eine illegale Theateraufführung, in der angedeutet wurde, was ab jetzt jeder sagen konnte. Schon am dritten Abend kam niemand mehr. Aber jetzt dort in der Dunkelheit vor dem Schloß am Alten Garten, auf dem immer noch Hunderte von Menschen waren, da sah er glücklich aus, mein Bruder. Er nahm mich in den Arm und hob mich etwas hoch und drückte mich, wie er es weder vorher noch hinterher getan hat. Er schrie ein langes »Aaah«, setzte mich wieder ab und sagte: »Hast du dich getraut, Kleiner, hast du dich wirklich getraut!«

Ich hatte mich getraut, auch wenn ich ein wenig von der *Schweriner Volkszeitung* dazu getragen wurde. Sie heißt immer noch so, wie auch alle anderen SED-Bezirkszeitungen zumindest im Namen überlebten. Man gab sich wenig Mühe, Dinge neu zu benennen, und warum das Wort »Wende« diesen Herbst 1989 bezeichnet, dieses

Wort, das in Westdeutschland beim Wechsel von einem Helmut zum anderen schon nicht richtig gepaßt hatte, wird mir wohl immer ein Rätsel bleiben.

Zu Hause wurde über die Tatsache, daß ich auf der Demonstration war, nicht mehr diskutiert. Zu gebannt waren die Eltern von den Bildern, die erst *heute* und dann die *Tagesschau* ins Wohnzimmer brachten. Am folgenden Montag sind sie dann selbst gegangen.

7

Mein Bruder stand am Großen Moor mitten in der Nacht, aufgestützt auf die rostige Skulptur, die den Runden Tisch des Herbstes 1989 darstellen sollte, und lachte. Nur daß die Skulptur nicht mehr rostig war. Sie war 1990 aufgestellt worden, ein Kreis, aus dem Metallstreifen wuchsen, an deren Ende Steine eingearbeitet waren, wie Köpfe. Sie sollte die Institution symbolisieren, die nach den Demonstrationen in Schwerin und überall gebildet wurde aus Kirchenleuten, Bürgerrechtlern und Vertretern der alten Macht, um zu klären, was es zu klären gab. Sie verschwand schnell wieder, und die neuen Strukturen der Macht nahmen ihren Platz ein. Diese Skulptur sollte an den Tisch erinnern und war Gesprächsthema vom ersten Tag an. Weil sie rostig war und so gar nicht dem Schönheitsideal der meisten Schweriner entsprach, mitten auf dem Marktplatz. Jetzt stand sie hier, ein paar hundert Meter weiter, dort wo der Große Moor auf die Puschkinstraße trifft, und der Rost war mit absurden, metallisch glänzenden Farben überzogen. Man konnte sie gut übersehen. Auf dem Marktplatz steht nun ein Löwe aus weißem Stein für Heinrich, den Gründer der Stadt. Mein Bruder, der für ein paar Wochen tatsächlich am Runden Tisch gesessen hatte, hockte jetzt auf dem bemalten Metall, trank aus der Flasche, die er aus dem Bootshaus mitgenommen hatte, schüttelte den Kopf, lachte und sagte: »Großartig, Chris, oder?«

Er hatte festgestellt, daß nur noch eine Flasche Bier im Kasten war, sie genommen, mir zugenickt und gesagt: »Dann laß uns mal auf'n Swutsch gehen, zur Feier des Tages.« Wir liefen den Sandweg zwischen den Bootshauskolonien entlang. Es war dunkel und kaum noch ein Segler zu sehen. Wir wollten in den »Jäger«, eine der Kneipen, die nach dem Mauerfall eröffnet hatten und in die man ging in Schwerin. Ich kannte sie noch aus der Zeit, als ich öfter nach Hause kam, anfangs aus Dresden und dann, nach meinem Wechsel an die TU, aus Berlin. Wir bogen in die Bornhoevedstraße, und mein Bruder zeigte mit der Bierflasche entgegen unserer Laufrichtung: »Wußtest du, daß dort der jüdische Friedhof von Schwerin ist?« Das wußte ich nicht. Er nahm einen Zug aus der Flasche und sagte: »Den wollte ich mir neulich mal angucken, hat uns ja früher keiner gezeigt, so was. War aber zu. Verschlossen. Der liegt mitten in einer Einfamilienhaussiedlung, und eine Straße führt hindurch. Aber überall Zäune und das Tor abgeschlossen, obwohl Öffnungszeiten dranstehen. Dann habe ich in der jüdischen Gemeinde angerufen, die gibt es nämlich wieder. Und weißt du, was der Russe, der dort dranging, mich gefragt hat? Was ich denn dort wolle? Entschuldigen Sie, aber das müsse man heute leider fragen. Und besichtigen sei schwierig. War unter Garantie ein Russe.«

Ich wußte das nicht, auch nicht, daß bei Bornhoeved im heutigen Schleswig-Holstein eine Schlacht geschlagen wurde zwischen Slawen und Christen im Jahre 798 oder daß Johannes Stelling ein Ministerpräsident war von Mecklenburg, den die Nazis erschlugen und in einem Sack in den Fluß warfen in Berlin. Auch nach ihm war eine Straße benannt in Schwerin. Damals wie heute. Auch das hatte mir erst mein Bruder erzählt, der, nachdem man ihn für die Zukunft der Stadt nicht mehr brauchte, sich um deren Geschichte kümmerte, in seiner Plattenbauwohnung auf dem Großen Dreesch. Man hatte uns mit der Geschichte der Stadt und des Landes nur tröpfchenweise versorgt, und in meiner Generation warf das selten Fragen auf und wir benutzen Namen und Worte, ohne darüber nachzudenken. Meine Mutter und deren Mutter sagten damals einfach zur »Ernst-Thälmann-Straße« weiter »Lübecker Straße« und zur »Karl-Liebknecht-Straße« »Helenenstraße«, so als ob das etwas ändern würde oder als ob sich gar nichts geändert hätte.

Die Wohnung meines Bruders war immer noch leer, jedenfalls nicht so eingerichtet, wie sich die meisten Menschen das vorstellen. In einem Zimmer lag eine Matratze auf dem Boden und im zweiten stand der riesige Ohrensessel meines Urgroßvaters, in dem er seinen Mittagsschlaf gehalten hatte und in dem wir Kinder leicht zu dritt Platz fanden, und ein Radio, und hier saß Gerd und las oder hörte einen der Kultursender, und wenn ich daran dachte, wie er dort im Dunkeln vor dem Apparat saß, kam es mir vor, als wäre er der einzige Mensch in der ganzen Stadt, der dann die jeweilige Sendung hörte.

Jetzt saß er immer noch auf dem buntbemalten Runden Tisch, nahm einen Zug aus der Bierflasche und strich sich die langen Haare mit der linken Hand nach hinten. Er stand auf und warf die Flasche in die Mitte der Skulptur, zog die Schultern hoch, als würde er frieren, stieß mich in die Seite und sagte: »Komm.«

Der Große Moor, den wir jetzt verließen, war eines der wenigen Beispiele der sanfteren Betonbebauung in der DDR. Man hatte hier in den achtziger Jahren die alten Häuser weggerissen und dann mit den Betonplatten versucht, sie nachzuahmen. Es gibt Maisonettewohnungen hier, ein für damalige Zeiten kaum vorstellbarer Luxus. Aber wer sie beziehen wollte, mußte schon Blumen ins Fenster stellen und Gardinen davorhängen, als die hintere Wand noch gar nicht fertig war. Weil Honecker kam zu einem Bauernkongreß und durch den Großen Moor laufen wollte und der schon fertig sein sollte, laut Plan. Das wußte man, davon sprach die ganze Stadt, und ich wüßte heute gern, ob er dies auch wußte oder ob er tatsächlich an diesen Potemkinschen Gardinenfenstern vorbeiging im Glauben, daß dahinter Menschen wohnten.

Wir liefen durch die Nacht auf dem Kopfsteinpflaster der Puschkinstraße zum »Jäger«. Das letzte Mal, daß ich so mit meinem Bruder gelaufen war, mit meinem großen Bruder, der mir das Fahrradfahren beigebracht hatte und der die Schule verließ, als ich sie begann, war bei einer der Montagsdemonstrationen gewesen. Es waren viel weniger Demonstranten als in den Wochen davor, und die Menge skandierte »Wir sind ein Volk«, und ein Betrunkener pißte gegen das Stasigebäude. Da bin ich gegangen und habe mich um anderes gekümmert, mein Abitur und später mein Studium, aber Gerd ist dort stehengeblieben und steht gewissermaßen heute noch da, er wollte nicht, daß es vorbei ist. Daß es so vorbeigeht. Ich bin wieder eingerastet wie so viele andere auch, aber er blieb hängen, wie an einer Droge.

Mein Bruder begann, von meinem Vater zu reden. Der »Jäger« war leer, immerhin war es eine warme Sommernacht, nur im Garten der Kneipe saßen die Leute dichtgedrängt, aber dort wollte Gerd nicht hin. Der Wirt, ein Typ in meinem Alter, der diesen Laden vor Jahren aufgemacht hatte und ihn offensichtlich immer noch führte, hatte ihn begrüßt, so als würde er ihn kennen, auch wenn er ihm nur wortlos zunickte. Wir bestellten Bier, und Gerd sagte noch: »Und mach mal noch zwei Kurze.« Der »Jäger« hätte gut auch in Berlin stehen können, auch wenn diese rustikale Atmosphäre dort schon wieder helleren Räumen mit schickeren Stühlen gewichen war, in Schwerin hielten die Dinge offensichtlich länger. Aber auch hier bestellte man sicher nicht mehr »zwei Kurze« wie in Zeiten, als es kaum drei verschiedene Sorten Schnaps gab. Als der Wirt uns zu den Bieren zwei Weinbrand brachte, war ich mir sicher, daß er Gerd kannte, wenn ich auch nicht wußte, wieso.

»Er hat sich nie helfen lassen«, sagte mein Bruder. »Er hat nie geredet, und jetzt läßt er sich nicht mal beim Sterben helfen. Wieso bist du Architekt geworden, zum Beispiel?« Ich schüttete den Weinbrand runter, trank einen Schluck Bier nach: »Weil ich einen geraden Strich machen konnte.« Gerd winkte ab und sagte »Hör auf.« Mein Vater hatte dieses Spiel mit jedem von uns gespielt, war irgendwann zu jedem von uns gekommen und hatte gesagt: »Zeichne mal einen Strich. Ein langen, geraden Strich.« Und ich wußte zu dieser Zeit längst, daß man dies schnell machen mußte, in einem Zug. Nicht zögernd und vorsichtig, dann wird der Strich niemals gerade. Mein Vater hatte darauf zu uns allen gesagt: »Wirst mal ein guter Ingenieur.«

»Dieser Quatsch«, sagte Gerd »Wir sind doch nicht alle Ingenieure geworden, weil wir einen geraden Strich zeichnen konnten. Wieso haben wir alle seinen Beruf erlernt, obwohl er so gut wie nie gesprochen hat? Wirklich gesprochen, meine ich. Weißt du, wie er mich aufgeklärt hat? Da war ich vierzehn. Ich bin nach Waren gefahren ins Ferienlager, und ich war fast schon aus der Tür, da hat er mich an der Schulter festgehalten und gesagt: ›Gerd, eine Frau, die man küßt, kann man vergessen, eine Frau, mit der man schläft, sollte man heiraten können.« Er lachte, schlug auf den Tisch und trank von seinem Bier: »Und selbst dabei bin ich mir noch sicher, daß Muttern ihm das aufgetragen hatte und es das einzige war, was ihm einfiel. Oder unseren Großvater, den haben wir zu Vaters sechzigsten Geburtstag das erste Mal auf einem Foto gesehen. Mann du …« Er winkte dem Wirt mit seinem leeren Bierglas und sagte: »Laß mal die Luft raus.«

Ich kannte all diese Geschichten. Astrid und Gerd hatten meinem Vater zum Sechzigsten ein Fotoalbum gebastelt, mit den Bildern seines Lebens, die wir zum größten Teil tatsächlich noch nie gesehen hatten. Meine Geschwister hatten sie in Rostock bei meiner Großmutter besorgt und meinem Vater auf dem Fest überreicht. Und mein Bruder hatte damals, als er noch mit Inken zusammenlebte, eine Rede gehalten für meinen Vater und ihn gebeten, die Geschichten, die er uns nie erzählt hatte, doch jetzt vielleicht seinen Enkeln zu erzählen und damit uns. Die Stimme hatte ihm dabei mehrfach gezittert, und auch ich war gerührt, und Astrid weinte tatsächlich. Meinem Vater gefiel das, aber ich glaube, er wußte gar nicht, was Gerd meinte, worum es ihm ging.

Er war kein Flüchtlingskind im eigentlichen Sinne. Mein Großvater, sein Vater, arbeitete bei der Reichsbahn und war so nach Stettin gekommen. Und als er einberufen wurde, zog meine Großmutter 1943 mit Sack und Pack wieder nach Rostock, dort wo sie geboren wurde. Sie lebte dort in der Altstadt mit ihren Eltern und ihrem kleinen Sohn, und eine der wenigen Geschichten, die mein Vater aus dieser Zeit immer wieder erzählte, war die, wie ihr Haus einen Bombentreffer abbekam und die Rückwand komplett fehlte und ein Wehrmachtssoldat auf dem Schutt des Nachbarhauses erschien und in die wandlose Küche guckte. Ich weiß nicht, inwieweit sich mein Vater tatsächlich aus dem eigenen Gedächtnis an diese Geschichte erinnert, weil es mir inzwischen selber so geht, als würde ich den Soldaten auf dem Schuttberg sehen.

Nach dem Tod ihrer Eltern in den sechziger Jahren zog meine Großmutter in die Südstadt in eine der neuen Plattenbaukisten, die dort gebaut wurden. Die waren noch nicht so hoch und weniger schrecklich als das, was man in den siebziger und achtziger Jahren baute. Sie standen wie quer gelegte Ziegelsteine, dazwischen gab es ein paar Rasenflächen, Klettergerüste und einen langen Schornstein, wohl von der Heizanlage. Die Wohnung blieb unverändert bis zu dem Tag, an dem sie starb, und schon als Kind hat es mich beeindruckt, daß meine Großmutter das Ehebett aus Stettin auch mit in diese Wohnung nahm. Mein Großvater war vermißt, wurde nie offiziell für tot erklärt, und zu dem Zeitpunkt, als meine Großmutter in die Südstadt zog, war er seit zwanzig Jahren verschwunden. Aber sie schlief bis zu ihrem Tode neben seinem leeren Bett. Und auch sie hat nie über ihn gesprochen, nicht zu mir und zu Gerd erst ein wenig, als der damals die Fotos holte.

Wir fuhren jedes Jahr im August zu ihrem Geburtstag nach Rostock. Das war das einzige Mal, daß wir sie besuchten, sonst kam sie mit dem Zug nach Schwerin. Eine kleine Frau, die nur glücklich war, wenn man ihr etwas zu arbeiten gab. Kartoffeln schälen, Pflaumen entsteinen, so etwas. Als wir klein waren, ging sie mit uns in den Zoo oder las uns etwas vor, aber als wir das nicht mehr wollten, wußte sie nichts mehr mit uns anzufangen, und ich glaube, sie war letztendlich froh, wenn sie wieder nach Rostock fahren konnte in ihre stille Wohnung mit dem Doppelbett.

So wie wir froh waren, wenn wir nach ihrem Geburtstag wieder nach Hause fahren konnten. Immer stand sie, vermutlich schon Stunden, auf dem Balkon und sah auf den Parkplatz, bis sie uns endlich erblickte. Dann gab es Kaffee und Kuchen und eigentlich direkt danach das Abendessen. Kalten Schweinebraten mit warmen Dosenchampignons. Jedesmal. Ein paar Freundinnen und Verwandte waren dann gekommen, und wenn der letzte Bissen gegessen war, stoben sie auseinander wie Spatzen. Meine Großmutter war in sich zusammengesunken, hatte rote Flecken im Gesicht und wirkte so, als würde sie das Jahr bis zu ihrem nächsten Geburtstag dringend zur Regeneration benötigen.

Auf der Fahrt nach Schwerin lachten wir jedes Mal wieder über den kalten Schweinebraten und über dieses und jenes, was die Gäste erzählt hatten. Auch mein Vater lachte und sagte, diesen Schweinebraten hätte es früher nie gegeben und er wüßte auch nicht, warum sie ihn Jahr für Jahr machen würde.

Ich glaube, er wußte noch weniger über sie als wir über ihn. Als sie die letzten Jahre in einem Altersheim in Rostock wohnte, weil sie ein wenig durcheinander war und ihre über neunzig Jahre alten Knochen ein Alleinleben unmöglich machten, fuhr er mit einer militärischen Regelmäßigkeit zu ihr und besuchte sie. Ich habe ihn manchmal begleitet, wenn ich in Schwerin war. Besonders, wenn wir allein waren, wenn meine Mutter also nicht mitfuhr, war es fast unerträglich. Mein Vater saß neben ihr und redete mit mir oder mit den Pflegerinnen, besorgte eine Blumenvase oder hängte mitgebrachte Bilder von ihren Enkelkindern auf. Es gab fast keine Kommunikation zwischen den beiden. Und wenn er sie ansprach, laut, vielleicht lauter, als ihre altersbedingte Schwerhörigkeit es verlangte, antwortete sie meistens mit einem Satz. Ich kann mir nicht vorstellen, wie es gewesen sein muß, wenn ich oder jemand anderes nicht dabei war. Ob er dann einfach nur eine dreiviertel Stunde neben ihr gesessen hat?

Auch auf der Heimfahrt sprach er nicht mehr von ihr. Außer vielleicht, daß es ein Elend sei, aber neunzig Jahre, man müsse bedenken.

Es war ja nicht so, daß er gar nicht sprach. Auf diesen gemeinsamen Autofahrten sprach er schon über die Arbeit, den Garten, Renovierungsarbeiten am Haus oder über Freunde und was ihnen zugestoßen sei. Er konnte sehr ausführlich, fast schon umständlich erzählen. Über verzinkte Dachrinnen, Apfelbäume und neue Autos. Und ich habe versucht, ihm von mir und meinem Leben zu berichten, von Berlin, von der Arbeit, von Susanne. Was es ausmacht, mein Leben, wie es funktioniert oder eben nicht funktioniert, und er hörte zu, konnte zuhören in solchen Situationen, aber es blieb eine Irritation, und Fragen stellte er eigentlich nie.

Streiten konnte man mit ihm über die Religion, zum Beispiel. Er war kein Atheist, so wie die Partei, der er immerhin fast dreißig Jahre angehörte, sich das wünschte. Er verbat es sich, wenn man ihn als nicht religiös bezeichnete, und doch war sein Verhältnis zur Institution Kirche ein ablehnendes aus Vernunftgründen. Was er meinte, wenn er sagte, daß er an etwas glauben würde, war die Kraft der Natur. Das konnte man daran sehen, wie er sich in seinem Garten bewegte oder im Wald, wie er leise mit Amseln und Maulwürfen sprach, wenn er glaubte, unbeobachtet zu sein, oder wenn er so lange an einem erkrankten Baum herumdokterte, bis dieser wieder ausschlug. Aber in eine Kirche zu gehen und eine Kerze aufzustellen und dies mit einem Gebet oder wenigstens einem Wunsch zu verbinden, selbst solche rudimentären religiösen Gefühle waren ihm suspekt. Er war gegen die Kirche, so wie er gegen das Rauchen war. Das eine machte krank, und beides war unlogisch für ihn.

Es war mit dem Verstand nicht zu greifen und somit für ihn nicht existent.

Als meine Großmutter starb, ließ er sie in Schwerin begraben. Er verbot meinen Onkeln und Tanten, am Begräbnis teilzunehmen, weil er keinen Sinn darin sah, sie hätten sie ja kaum gekannt. Nur meine Mutter, meine Geschwister mit ihren Partnern und Susanne und ich waren dort auf dem Waldfriedhof. Wir saßen vor einem Raum, wie beim Arzt, wurden dann aufgerufen, wie bei eben solchem, und betraten einen Raum mit leeren Stuhlreihen. Vielleicht sechzig Sitzplätze gab es dort, wir besetzten also nicht einmal zwei Reihen. Die Urne meiner Großmutter stand vor uns, und dann erklang eben doch ein »Ave Maria« vom Band, weil wohl auch mein Vater Musik wollte für den Abschied. Er sah die ganze Zeit starr nach vorn, und einmal glaubte ich so etwas wie einen Seufzer zu hören. Einen Seufzer, der den Kehlkopf kaum verläßt, der irgendwo im Rachen verebbt.

Ein gedrungener, älterer Mann betrat den Raum, verbeugte sich vor der Urne, nahm sie und brachte sie hinaus, und wir gingen hinterher und warfen später jeder eine Handvoll Erde in das Grab, auch wenn wir wohl nicht genau wußten, warum. Auch wenn es mehr eine Geste war als ein Ritual. Das war das Ende, ihr Ende, und mein Vater nutzte die Gelegenheit, um den Namen seines Vaters mit auf den Grabstein zu setzen. So hatte es eine Ordnung, auch wenn der Leichnam tausend Kilometer weiter östlich verscharrt wurde, und noch nicht einmal das ist sicher. Gerd brachte meinem Vater nach dem Mauerfall einmal ein Formular mit vom Suchdienst des Deutschen Roten Kreuz, weil man nun an Archive in der Sowjetunion herankam und auch über mehr Informationen in Ostberlin verfügte. Aber ihm genügte wohl das, was er wußte, vage wußte, was Kelly dreißig Jahre zuvor in Hamburg über eben dieses Deutsche Rote Kreuz herausbekommen hatte. Gefallen vermutlich am soundsovielten bei einer Schlacht in der Ukraine nach Erinnerungen von Kameraden. Vermutlich.

Gerd war hinüber. Die Mischung aus Bieren und mehreren »Kurzen« hatte ihm sichtlich zugesetzt. So betrunken hatte ich ihn noch nie gesehen. Er wiederholte Geschichten, die er schon vor wenigen Stunden erzählt hatte, wischte sich mit der Hand immer wieder durch die Haare, lachte manchmal und orderte weiter Bier.

Der »Jäger« hatte sich geleert. Im Biergarten waren die Stühle und Tische zusammengestellt und nur noch am Tresen hingen ein paar Gestalten herum. Mein Bruder stand auf und ging auf die Toilette, wobei er tatsächlich ein wenig wankte. Als er zurückkam, blieb er vor einem der Männer am Tresen stehen, sah ihn kurz an und schrie: »Du hast mir gerade noch gefehlt.« Das heißt, er sagte: »Du hast mir gerade noch ...« Und dann stieß er dem Mann mit beiden Händen vor die Brust, versuchte es zumindest, denn der drehte sich wie ein Torero um meinen Bruder herum, wodurch Gerd an ihm vorbeifiel, einen Barhocker umarmte, damit zu Boden ging und »... gefehlt« sagte.

Es war still für einen Moment, und dann raste der Wirt um den Tresen herum, packte meinen Bruder im Genick und schleifte ihn aus der Kneipe. Das sah aus wie einstudiert und dauerte nur Sekunden. Ich lief hinterher und begegnete dem Wirt in der Tür, der schon wieder auf dem Weg zurück war und meinem Bruder zurief: »Das war das letzte Mal, mein Freund. Garantiert.« Gerd saß auf dem Bürgersteig und rückte seine Brille zurecht, die durch den Sturz verrutscht war. Ich sagte: »Warte hier«, und lief wieder hinein. Ich wollte mich bei dem Mann entschuldigen. Es war, wie ich erst jetzt sah, der Indianer, der Arzt aus dem Krankenhaus, von der Station, auf der mein Vater gelegen hatte. Ich war wirklich verblüfft und sagte gar nichts, und er sah mich an und sagte: »Na, das war ja wohl ein bißchen viel für Ihren Freund.«

»Ja, zuviel Bier und Weinbrand, überhaupt ein bißchen viel in letzter Zeit.«

»Mensch, hör auf«, sagte der Wirt »Das ist doch jedesmal dasselbe mit dem.« Er schnaufte, und ich wußte nicht, ob vor Wut oder weil ihn Gerds Rauswurf so angestrengt hatte. »Wieso?« fragte ich.

»Der fängt hier jedesmal was an. Entweder er will sich prügeln oder er erzählt irgendwem Dinge, die der nicht hören will. Wenn du nicht dabeigewesen wärst, dann hätte er gar nichts mehr bekommen. Aber ab jetzt kriegt der nichts mehr, und wenn er hier mit seiner Mutter auftaucht.«

Der Arzt sah mich an und ich ihn. Es war nicht der Funke des Erkennens in seinen Augen zu sehen. »Was hat ihn denn so aufgeregt an mir?« fragte er und sah dabei an sich herunter. »Nichts, glaube ich, Sie standen einfach falsch oder was weiß ich. Passen Sie auf, ich würde Ihnen gern was ausgeben. Tun Sie mir den Gefallen.« Er fixierte mich und sagte: »Das ist schon in Ordnung, mir ist ja nichts passiert.« Also zahlte ich unsere Rechnung und ging wieder meinem Bruder hinterher, meinem Alkoholikerbruder, der offensichtlich hin und wieder in Kneipen ausrastete. Aber er war nicht mehr da, die Straße war leer und dunkel.

8

Ich habe das Haus angesehen. Lange, sehr lange und so wie ich es vielleicht noch nie angesehen habe. Ich lag im Schatten der riesigen Blautanne, die mein Vater beim Einzug gepflanzt hatte und die jetzt höher war als alles andere im Garten. Die meine Mutter am liebsten fällen lassen würde, wenn sie wüßte, wie sie das schwere Gerät, das sie dafür benötigte, durch den Garten bekommen könnte.

Das weiße Haus, das wie ein Bungalow mit Spitzdach wirkt und das mein Vater gemeinsam mit einem befreundeten Architekten entworfen hatte, lag im Morgenlicht. Es gefiel mir, es war ein wenig überrenoviert und ihm fehlte etwas Charme, aber ich mochte es trotzdem. Ich sah, wie Kristina das Fenster ihres Zimmers öffnete, wie sie es über das Dach schob und kurz ihr Kopf in der Öffnung erschien. Mein Vater hatte die alten Kippfenster gegen diese großen Fenster austauschen lassen, als er vor Jahren das Dach neu decken ließ. Die Bulgarin betrat wenig später die Küche, betätigte die Kaffeemaschine und verschwand, wohl um meinen Vater zu versorgen.

Als ich den »Jäger« verlassen hatte und allein auf diesem menschenleeren Ziegenmarkt war, auf dem tatsächlich eine kleine Ziege aus Metall stand, die mich als Kind begeisterte und auf die mich meine Mutter setzen mußte, wenn wir hier vorbeigingen, war ich wirklich verloren. Wohin mein Bruder auch immer verschwunden war, die Vorstellung, daß er ins Bootshaus gegangen war und dort jetzt vielleicht schlafend in der Maria lag, war mir unheimlich. Eine Nacht neben ihm zu verbringen – unmöglich. Auch wenn er nicht dort gelegen hätte, wo wäre er dann gewesen, bis zu seiner Wohnung waren es etliche

Kilometer. Und Gerd hatte schon keine Taxis benutzt, als er noch nicht trank und von der Stütze lebte. Nicht einmal ein Schwarztaxi, die es kurz vor dem Mauerfall gab, weil auch Taxen knapp waren wie fast alles in diesem Land. Privatpersonen, die man vom Straßenrand aus ranwinken konnte wie die Cabs in New York. Die einen in ihren Wartburgs, Ladas oder Škodas nach Hause fuhren und auf die Frage, was sie bekämen, immer antworteten: »Was Sie mir geben.« Nicht einmal mit denen war Gerd gefahren. Und auch ich ging nicht dorthin, wo die eierschalfarbenen Mercedes standen, zum Marienplatz, der nicht mehr Leninplatz heißt und wo in den Achtzigern ein Banner gespannt war: »Die Lehre von Lenin ist allmächtig, weil sie wahr ist.« Ausgerechnet über der Sparkasse. Sondern ich lief die Schloßstraße entlang, vorbei am Schloß und durch den Park nach Hause, so wie ich es in meiner Jugend oft getan hatte. Allein oder mit Johannes, betrunken und mit den Schuhspitzen im Sand des Weges hängenbleibend, lachend stießen wir mit den Schultern aneinander, manchmal.

Ich machte mir noch im Dunkeln ein Brot in der Küche und genoß diese vertrauten früheren Alltäglichkeiten, auch wenn nichts mehr so war wie früher. Weder das Brot noch die Küche, und dann schlief ich auf der Ledercouch ein bei offener Terrassentür, bis mich die Vögel in aller Herrgottsfrühe weckten. Die Trinkerei mit Gerd war trotz allem vor Mitternacht zu Ende gewesen, früh genug, um einigermaßen wach zu sein im Morgengrauen. Ich schwamm im Pool und legte mich später auf eine der weißen Plastikliegen, die man auf Rollen überall hinziehen konnte. In die Sonne und später in den Schatten.

Kristina trat aus dem Haus, und wenn man einmal von ihrer Kapuzenjacke absah, dann wirkte sie so, als könnte sie tatsächlich hier leben, als würde ihr das Haus gehören. Sie stutzte, als sie mich sah, und kam dann langsam auf mich zu, mit einer Kaffeetasse in der Hand, und hockte sich neben mich. »Morgen«, sagte sie, sah über mich hinweg und trank einen Schluck. »Morgen«, antwortete ich, nahm die Tasse, die sie mir hinhielt, den »Schwerinpott«, wie darauf stand, trank und sagte: »Das ist die Tasse meiner Mutter.« »Deine Mutter ist nicht da«, sagte Kristina, stand auf und zog die Kapuzenjacke und die Jeans aus. Sie trug einen schwarzen Bikini darunter, und sie sah schlanker und größer aus als vorher, nahm einen kurzen Anlauf und sprang in den Pool. Sie schwamm langsam und sehr vertraut mehrere Bahnen, schwang sich dann wieder hinaus und legte sich ein paar Meter neben mich in das Gras. Sie sah wirklich schön aus.

Nach einer Weile hob sie den Kopf, blinzelte gegen die Sonne und fragte: »Frühstück?«, und ich sagte: »Frühstück« und ging mit ihr ins Haus, um den Tisch auf der Terrasse zu decken. Wir saßen nebeneinander, lasen in der Zeitung und aßen, sehr selbstverständlich und ohne eine Peinlichkeit. Ihr Haar war noch naß und wurde heller beim langsamen Trocknen. Der Sommer war heiß, er sollte heiß bleiben, aber das konnten wir zu dieser Zeit noch nicht wissen. Ein langer, nicht enden wollender südlicher Sommer, wie er nur selten vorkommt. Ein Jahrhundertsommer.

Kristina stand auf und ging in das Haus, um nach meinem Vater zu sehen, zu putzen oder sonstwas zu tun, was sie mit meiner Mutter besprochen hatte, was diese ihr aufgetragen hatte, bevor sie gefahren war. Sie wirkte nicht so, als hätte sie ein Problem damit, als würde es sie stören. Und ich blieb sitzen auf der schattigen Terrasse. Ich wollte den Wagen später vom Bootshaus holen und die paar Sachen, die dort noch von mir lagen, ich wollte hierbleiben und den Rest dieser zwei Wochen hinter mich bringen.

Kristina legte einen Stapel Briefe vor mich auf den Tisch, machte einen Knicks und sagte: »Die Post, Sir«, und wir lachten beide. Dann verschwand sie wieder, und ich sah tatsächlich diesen Stapel durch, mehrere Rechnungen, Werbungen und ein Brief, der an meinen Vater adressiert war, handschriftlich. Er war ursprünglich an die Hochschule geschickt worden, und auf dem Absender stand »Eva Holzinger« und eine Züricher Adresse. Ich schob meinen Daumen unter das Papier des Umschlags und riß ihn auf, so als wäre das mein Brief, so als würde nicht der Name meines Vaters darauf stehen.

Mein Lieber

Deine Tochter hat das Haus verlassen. Ich bin jetzt allein. Nicht im Sinne von einsam, es gibt jemanden, mit dem ich bin. Es ist nur zu Ende, Marias Kindheit, und wohl auch etwas in mir, von dem ich nicht so genau sagen kann, was. Ich denke an dich und habe nachgerechnet, daß du pensioniert sein mußt, schon länger. Den Brief schicke ich trotzdem nach Wismar, obwohl ich ja auch deine richtige Adresse habe. Vielleicht, weil mir das vertrauter ist und wohl auch, um die Regeln einzuhalten. Ein letztes Mal. Es ist mir egal, ob sie ihn dir nachschicken oder ob du ein eigenes kleines Versteck hast dort für Briefe wie diesen. Ich kann mir nicht vorstellen, daß deine Frau deine Briefe öffnet, und selbst wenn. Deine Frau, von der ich immer noch kein Bild weiß, das wußtest du zu verhindern. Aber dein Haus, das kenne ich inzwischen. Habe davor gestanden in einem Taxi, mit laufendem Motor. Durch die dunklen Gläser meiner Sonnenbrille habe ich es mir angesehen, mit klopfendem Herzen. Sekunden nur. Ich habe nicht gewagt, die Brille abzusetzen. Niemand war da und die Rolläden heruntergelassen, und dann habe ich den Fahrer gebeten, wieder zurückzufahren. Wie in einem Film.

Ich hab dir diesen Auftritt in Hamburg nicht verziehen, wie du Maria gegenübergesessen hast, wie ein Fremder, der du ja bist. Ich werde dir einiges nicht verzeihen, weil es ja auch nichts zu verzeihen gibt, weil du das wohl am Ende auch gar nicht willst. Aber ich möchte trotz allem, daß du Maria noch einmal richtig kennenlernst, daß du ihr vielleicht nach zwanzig Jahren einmal sagst, wer du bist, und sie dich ansieht als diesen. Ich weiß nicht, ob sie das will. Ich mußte nie viel aufbringen, um dich zu verleugnen, um diese erste Geschichte, die ich ihr erzählte, als sie nach dir fragte, immer wieder, diese erste kindliche Geschichte zu erzählen. Sie hat aufgehört zu fragen irgendwann, und vielleicht kommt ihr beide ja damit besser klar als ich. Ich möchte, daß du dich meldest.

Zürich ist heiß, die Berge manchmal zum Greifen nah über dem See. So wie du es mochtest damals.

Eva

Ich hätte gern, wenigstens für einen Moment, nicht verstehen wollen, was da stand. Aber das war nicht so. Auch ein zweites und drittes Lesen ließ keinen Zweifel zu. Es war schon beim ersten Mal eindeutig gewesen. Ich sah auf meinen Daumen, mit dem ich den Brief geöffnet hatte, so als ob er an irgend etwas schuld wäre. Nur als Kristina plötzlich vor mir stand und etwas fragte, verstand ich sie nicht. Ich meine, ich hörte sie nicht einmal. »Alles klar?« fragte sie und zog eine Augenbraue hoch. »Wer darauf achtet, daß ich nicht aus fremden Tassen trinke, sollte auch keine fremden Briefe lesen.« »Geh mir nicht auf den Sack, ja«, sagte ich, stand auf, ging zum kleinen Gartentor in der Mauer und verschwand im Wald. Ich hielt immer noch den Brief in der einen Hand und den Umschlag in der anderen.

»Wenn meine Mutter diesen Brief gefunden hätte«, dachte ich und lehnte mich an einen Baum. Wenn sie diesen Brief gefunden hätte. Was wäre dann gewesen? Oder wußte sie dies alles, hatte ihr mein Vater davon erzählt, hatte es schon so einen Brief gegeben, seit er in diesem Zimmer lag und nicht mehr wußte, daß es ihn gibt? Langsam steckte ich den Brief in den Umschlag, faltete ihn einmal und steckte ihn in meine Hosentasche.

Später setzte ich mich in den Kaffeegarten einer alten Villa in der Innenstadt am Pfaffenteich. Das war der Lieblingsplatz meiner Mutter, auch wenn ihr der Ausblick vergrault war, weil das Arsenal, das Gebäude, das hinter dem kleinen ovalen Teich mit Schwanenhaus und Dampferfähre stand, inzwischen rot gestrichen ist. »Das war noch nie so«, sagte sie, und es nützte nichts, sie darauf hinzuweisen, daß die Restauratoren sich an alte Farbschichten aus dem neunzehnten Jahrhundert gehalten hatten und eben dies die Originalfarbe des Gebäudes war, vor dem die Demonstranten im Herbst '89 ihre Kerzen abgestellt hatten. Sie konnte sich nur an das Weiß erinnern und ihre Mutter und alle anderen auch, und das reichte für sie, um fortan nur noch mit dem Rücken zum Wasser zu sitzen. Mir gefiel das Rot, und ich saß andersherum. Ich hätte mich gern an einen Lieblingsplatz meines Vaters in der Stadt gesetzt, aber ich wußte keinen. Es gab hier nichts, von dem ich eine kleine Geschichte wüßte, die er mir erzählt hätte. So wie meine Mutter es tat ihr Leben lang und sich dabei wiederholend. Ich wußte, daß er gern in Schwerin lebte, aber ich kannte keinen Ort, mit dem er irgend etwas verband. Keinen, außer sein Land und das Bootshaus am Beutel.

Er war Anfang der achtziger Jahre in der Schweiz gewesen. Drei Monate in Zürich, und ich konnte mich sehr gut daran erinnern. Der Dekan seiner Fakultät, ein weltmännischer alter Professor, setzte alle Hebel in Bewegung, um seine Mitarbeiter ins westliche Ausland zu bringen. Er schrieb Anträge, die häufig abgelehnt wurden, führte Gespräche und hatte schließlich Erfolg, bei fast allen. Mein Vater wurde für drei Monate nach Zürich eingeladen an die Eidgenössische Technische Hochschule, in das Mekka all derer, die in technischen Berufen arbeiteten.

Die Schweizer übernahmen alle Kosten, und ich weiß noch, wie wir ihn nach Schönefeld brachten und er dann, für uns nicht mehr sichtbar, ein Flugzeug bestieg, um für drei Monate in eine Welt zu fliegen, die für mich unerreichbar war. Er verschwand, und fortan kamen Anrufe von ihm, Briefe und kleine Päckchen. Es war die einzige Zeit, an die ich mich erinnere, in der er Briefe allein an mich adressierte, in denen er mir von Zürich erzählte, von der Hochschule, den Bergen und der Schweiz. Briefe an mich und auch solche an Gerd, Astrid und meine Mutter.

Die DDR schickte, wenn sie denn jemanden ins Ausland schickte, ihre Landeskinder los wie, ja, wirklich wie Kinder. Um die man sich kümmern mußte, die man zu versorgen hatte. Wurden Honorare gezahlt, dann mußten diese in Ostberlin abgegeben werden, auf den Pfennig oder in diesem Fall auf den Rappen genau. Aber die Schweizer an der ETH kannten dieses System und wußten es zu umgehen. Sie gaben meinem Vater ein Zimmer, ließen ihn in der Mensa essen und zahlten ihm ein Handgeld, das nirgends erschien. Und er nahm das an, behielt das für sich, und es gab Geschenke, kleine Geschenke, von ihm ausgesucht. Einzig und allein von ihm. Ich kann mich heute noch an Pullover, Hosen oder Bücher erinnern, die er für mich auswählte. Er konnte das sehr gut, er traf meinen Geschmack und den meiner Geschwister.

Und er machte Reisen, was ich noch immer für unglaublich halte. Er ging in die westdeutsche Botschaft in Zürich mit zwei Paßbildern, mußte seinen blauen Ostpaß abgeben und bekam dafür in wenigen Minuten einen grünen Westpaß. Für die Botschaft war er ein Bürger der Bundesrepublik Deutschland, rein rechtlich gesehen. Später gaben sie ihm den blauen Paß zurück und zogen den grünen wieder ein. So einfach war das.

Er nutzte ein Wochenendangebot der Schweizer Eisenbahn, den Städteplausch, und fuhr nach Nizza, Mailand und Wien. Städteplausch. Er traute sich sogar, Dias zu machen, ließ sie entwickeln und brachte sie mit nach Schwerin. Wir saßen dort später, nur wir fünf, in einem abgedunkelten Raum, und sahen die Bilder dieser fremden Städte. Den Mailänder Dom, die Yachten in Nizza und ein Restaurant im Tessin, in dessen Biergarten ein Baum stand, dessen Stamm und Äste mit Glühlampen erleuchtet waren. Mein Vater hatte das in der Dämmerung aufgenommen, und lange Zeit sah die Schweiz für mich aus wie dieser Baum. Es waren nie Menschen auf den Fotos. Auch mein Vater war nie darauf.

War sie dabei? Eva Holzinger? Saß sie mit ihm am Mittelmeer, während ich in Schwerin zur Schule ging und Astrid und Gerd in Rostock beim Studium waren? Wenn ich bisher an diese Zeit dachte, fiel mir immer der Geburtstag meiner Mutter ein. Es war ihr fünfzigster, und es war nicht einmal daran zu denken, daß mein Vater dafür nach Hause kommen durfte. Genausowenig kam es in Frage, daß er deswegen diese einmalige Chance nicht nutzte. Ich sehe meine Mutter vor mir, in einem weißen Kleid mit eingewebten Goldfäden, wie sie einen Kuchen mit zehn brennenden Kerzen hält, den wir Kinder ihr überreicht haben. Wie sie uns ansieht, gerührt und tapfer, während wir singen für sie: »Weil heute dein Geburtstag ist, da haben wir gedacht …«

Meine Eltern führten eine Beziehung, in der andere Menschen nicht vorkamen, nicht einmal denkbar waren. Eine Geliebte oder ein Liebhaber. Das mag vielen Menschen in meinem Alter so gehen, aber ich kann mich noch nicht einmal an ein Streiten erinnern. Das wurde umgangen und wenn, dann auf gar keinen Fall vor den Kindern ausgetragen. Man merkte es nur an der Art, wie sie miteinander umgingen, daß sie sich gestritten hatten oder uneins waren miteinander. Dann sprach auch meine Mutter wenig, mit mir oder meinen Geschwistern, dann war etwas in der Luft, das man nicht benennen, nicht greifen konnte. Und mein Vater war in sich versunken, hatte etwas von einem geprügelten Hund, und an ihm merkte man sofort, wenn es wieder vorbei war.

Aber eine Geliebte, noch dazu mit einem gemeinsamen Kind, das gut zehn Jahre jünger war als ich? Unvorstellbar. Vielleicht war Eva Holzinger auch verrückt, eine Irre, die meinen Vater mit solchen Briefen bombardierte. Dann würde meine Mutter davon wissen und es würde auch zu den beiden passen, so etwas für sich zu behalten.

Aber was war, wenn es stimmte, was war dann? Konnte er wirklich eine Affäre mit Folgen für zwanzig Jahre verschweigen? Und was war mit Hamburg, was war das für ein Treffen, und hatte es mehrere dieser Treffen gegeben, und war Eva Holzinger überhaupt Schweizerin oder lebte sie nur jetzt in Zürich und das alles hatte gar nichts mit diesem Aufenthalt vor vielen Jahren zu tun? Das erschien mir unwahrscheinlich, dazu stimmten die Zeiten, das Alter dieser Tochter zu genau mit seiner damaligen Reise überein.

Ich ging in das Bootshaus, wo es kein Zeichen meines Bruders mehr gab. Die Bierflaschen standen noch auf dem kleinen Tisch, und sein Schlafsack lag zusammengerollt in der Kajüte der Maria. Er war der einzige aus meiner Familie, der in Schwerin war. Meine Schwester war im Urlaub, und diese Tatsache hatte mich überhaupt erst nach Schwerin gebracht. Sonst hätte sie meinen Vater versorgt. Wie wäre es, mit dieser Nachricht auf den Großen Dreesch zu fahren in die Wohnung meines Bruders und ihm diesen Brief zu zeigen? Würde er sich ein Flasche Bier öffnen, ihn lesen und dann, ja, was sagen?

Ich durchsuchte den Bootsschuppen und die Maria. Nach weiteren Briefen, nach Fotos oder irgend etwas, das mir weiterhelfen würde. Dies war der einzige Ort, den mein Vater vielleicht benutzen würde, um etwas zu verstecken. Es gab nichts zu finden. Nur Taue und Planen, Karten, Ordnung und Sauberkeit überall.

Ich fuhr zurück in den Schloßgarten, die Stadt war voller Touristen, die am Wasser entlangbummelten und auf dem Alten Garten standen, um ins Museum zu gehen oder ins Schloß. Kristina behandelte mich, als wäre nichts gewesen, zog sich in ihre Rolle der Angestellten zurück, oder sie hatte diesen Brief tatsächlich vergessen. Sie lächelte, als ich kam, goß mir ein Glas Wasser ein und verschwand dann im Garten.

Ich betrat das Zimmer meines Vaters, zum ersten Mal, seit meine Mutter mich hier vor ihrer Abfahrt hineingeschoben hatte. Er lag schlafend im Bett, sein Kopf war gegen die Wand gedreht, und ich ging um das Bett herum, um ihn anzusehen. Um was zu sehen?

Das Bett war frisch bezogen, und an ihm war kein Unterschied zu bemerken zu dem Tag, als meine Mutter das Haus verlassen hatte. Ich setzte mich aufs Bett und saß dort eine Weile, und mir fiel erst so die Tür auf, durch die wir alle immer dieses Zimmer betraten, diese Tür, durch die die Welt zu ihm kam, das Leben und durch die er nicht mehr hinauskonnte. Nicht allein. Nur im Rollstuhl, geschoben von meiner Mutter oder Kristina. Sah er diese Tür und sah er sie so?

Ich griff nach seiner Hand, die neben mir auf der Decke lag. Sie war überraschend warm. Er atmete ruhig, und ich hatte das Bedürfnis, etwas für ihn zu tun, ihm eine Strähne aus dem Gesicht zu streichen oder so etwas. Aber seine Haare waren ordentlich gekämmt, und er sah friedlich aus, fast so wie früher, fast gesund.

Später bin ich dann noch durch das Haus gelaufen, aber das war sinnlos. Es gab einen Tresor und auch ein Geheimfach, das mein Tischleronkel damals zwischen den Schränken eingebaut hatte. Aber dort würde ich nichts finden, das wußte ich. Es hätte hier hundert Möglichkeiten für meine Mutter gegeben, etwas zu verstecken, aber keine für meinen Vater. Allein der Keller war ein Ort, in dem das möglich schien, aber wo sollte ich dort suchen? Zwischen den Weinflaschen oder im Werkzeugkasten?

Ich mußte nach Zürich. Ich wollte dorthin. Mit ihr reden, ihr vom Zustand meines Vaters erzählen, ihr sagen, wie es um ihn stand. Daß sie aufhören sollte, solche Briefe zu schreiben. Daß sie Rücksicht nehmen sollte auf meine Mutter, egal wieviel Rücksicht sie schon genommen hatte. Von Angesicht zu Angesicht wollte ich dies tun und nicht am Telefon. Sicher wollte ich sie auch kennenlernen, war ich neugierig, auf sie und diese Tochter.

Also rief ich Robert an.

»Ich brauch dich hier, Robert, für ein paar Tage.«

»Du brauchst mich in Schwerin?«

»Ja, für zwei, drei Tage.«

»Wozu? Willst du mit deinem Vater Skat spielen?«

»Keine Witze, Robert. Bitte keine Witze. Komm einfach, wenn du kannst. Ich werde dir das hier erklären.«

9

»Was ist, wenn sie nicht da ist? Wenn sie nicht in Zürich ist?« sagte Robert.

Wir saßen auf der Terrasse des Hotels Strandperle in Zippendorf. Vor uns der kleine künstliche Strand, der hier vor gut hundert Jahren aufgeschüttet wurde und der diesem Ort etwas von der Ostsee gab, was auch durchaus so gewünscht war. Nur, daß das Wasser nicht salzig war und die Stadt zu sehen am anderen Ufer. Der Turm des Backsteindoms überragte dort alles.

»Sie wird da sein. Der Brief wurde vor sechs Tagen abgestempelt, und wenn man so etwas schreibt, erwartet man eine Antwort und fährt nicht weg. Außerdem habe ich sie gestern angerufen. Sie war da.«

»Was hast du gesagt?«

»Nichts, ich habe nichts gesagt. Ich habe die Auskunft angerufen, mir die Nummer heraussuchen lassen, sie gewählt und gewartet. Sie hat den Hörer abgenommen, ihren Namen gesagt und ich habe aufgelegt. Sie ist also da.«

Robert nickte. Er sah bizarr aus. Sein Sakko hing über der Stuhllehne, und er trug einen Strohhut zu seinem weißen Hemd, den Hut, den er immer auf den Grabungen aufhatte. Aber in diesem Jahr hatte er sich keine Grabung organisieren können, und so genoß er dieses endlose heiße Wetter, weil wenigstens das war wie sonst im Süden, und trug diesen Hut.

»Was willst du ihr sagen?«

»Ich weiß es nicht genau. Robert, es ist nichts Außergewöhnliches, daß Menschen fremdgehen, oder? Selbst das mit dieser Tochter. Mein Gott, sie heißt Maria, wie sein Schiff. Aber trotzdem, so etwas passiert. Es ist auch nicht mein Problem, eigentlich. Aber meine Mutter kommt in ein paar Tagen wieder, und dann wird sie ihn weiter pflegen müssen. Und ich weiß nicht, ob sie das überstehen würde, wenn sie das wüßte. Verstehst du? Wenn sie mit ihm reden könnte, dann wäre das etwas anderes. Dann wäre das ihr Problem, das Problem von den beiden Alten. Aber so.«

»Bleibt da aber immer noch eine Schwester für dich. Oder zumindest eine Halbschwester.«

»Ja, natürlich. Eine Schwester. Absurd, was für eine Vorstellung. Du bist mir jetzt schon näher als Gerd. Und den kenne ich seit Jahrzehnten. Eine Schwester, die ich noch nie gesehen hab, von der ich bis gestern noch nicht einmal wußte, daß es sie gibt. Was heißt das, was bedeutet das? Werde ich sie sehen, und wird sie dann so wie Astrid sein für mich?«

Robert bestellte noch einen Cappuccino. Den dritten inzwischen. Er hatte am Anfang die Kellnerin tatsächlich gefragt, ob sie ihn mit Milch machen würden oder immer noch mit Schlagsahne. Die Kellnerin war etwas pikiert, aber die Frage nicht unberechtigt. Das Hotel war kurz nach der Wende einmal angestrichen worden, und das war die einzige Veränderung. Der regionalen Küche hatte die DDR den Garaus gemacht und das nicht nur in Mecklenburg. Landauf und landab gab es damals überall dasselbe. Würzfleisch, Steak au four, Steak Hawaii. Und in vielen Kneipen hielt sich das, auch wenn der Cappuccino mit Sahne nicht mehr dazugehörte. Ich saß trotzdem gern hier. Es war deprimierend, aber bei Sonnenschein zu ertragen. Morbide und südlich.

Robert war sofort gekommen, stand wenige Stunden, nachdem wir telefoniert hatten, im Garten. Kristina war ausgerastet, als sie hörte, daß er mich ersetzen würde, weil ich beruflich in die Schweiz müßte, wie ich ihr sagte. Sie starrte mich an und brüllte: »Einen Aufpasser, was bildest du dir ein? Was glaubst du, wer ich bin?«, und es brauchte einige Mühe, um sie zu beruhigen, daß ich ihr sehr wohl vertrauen würde und daß meine Mutter Robert sehr mögen würde er meinen Vater kannte, und daß es in Ordnung wäre. Wir grillten später, und Robert war charmant und Kristina sprach das Thema nicht mehr an. Es gefiel mir tatsächlich, daß Robert in Schwerin bleiben würde. Ich hatte so das Gefühl, einen Verbündeten zu haben. Jemanden an meiner Seite.

»Hatte dein Vater Affären?«

Robert lachte so, als hätte ich etwas ganz Ungewöhnliches gesagt.

»Mein Vater war zuerst einmal nicht mein Vater. Ich bin nicht sein Fleisch und Blut gewesen, und darum geht es ja wohl bei dieser Geschichte in der Schweiz. Meine Mutter hat es mir verschwiegen, lange, daß sie mich adoptierten, und es mir irgendwann doch gesagt. Aber nicht, weil sie es für richtig hielt, sondern weil man so was in einer kleinen Stadt nicht geheimhalten kann. Sie hatte Angst, daß ich es von jemand anderem erfahre, und es mir lieber selbst gesagt. Wir haben uns auch gestritten, weil ich natürlich wissen wollte, wer meine wirklichen Eltern sind. Sie hat das einfach nicht verstanden, es hat sie verletzt, sie wollte darüber nicht reden. Und ich habe nachgeforscht. Meine Eltern stammen sicher nicht aus Paderborn, sonst wäre ich weitergekommen. Es geht mir noch immer durch den Kopf, und ich würde es gern wissen, gerade jetzt, wo die Alten tot sind und meine eigentlichen Eltern vielleicht noch leben. Aber ich habe natürlich auch Schiß, plötzlich vor ihnen zu stehen. Dann wäre es nicht mehr zu ändern.«

»Und hatte er nun Affären?«

»Mein Gott, Kurt? Ich weiß es nicht. Aber ich kann es mir nicht vorstellen. Vielleicht war er ab und zu im Puff, das wäre ja nichts Ungewöhnliches in seinen Kreisen. Aber eine richtige Beziehung? Das wäre ihm zu mühsam gewesen, glaube ich. Er hat sich ja nicht einmal für meine Mutter richtig interessiert. Schon das war ja eher eine Geschäftsbeziehung.«

Roberts Vater hatte getrunken, und das war auch der Grund für sein relativ frühes Ende gewesen. Leberzirrhose. Der rasch folgende Krebstod seiner Mutter traf Robert sehr, aber auch er trug sein Herz nicht gerade auf der Zunge, wie man sagt. »Das müssen wir jetzt nicht vertiefen« war sein Lieblingssatz, wenn er einem Thema ausweichen wollte und so tat, als würde man es später besprechen, was dann aber meistens nicht passierte. »Das müssen wir jetzt nicht vertiefen.« Das hatte mich oft genug geärgert, aber ich wußte, daß es nichts nützte, ihn in so einer Situation weiter zu fragen. Robert redete von sich aus oder gar nicht, und ich habe mich oft gefragt, warum ich so eng mit ihm befreundet war. Ob ich mit ihm befreundet war, auch weil er mir Fragen, die ich mit »Das müssen wir jetzt nicht vertiefen« hätte beantworten wollen, gar nicht erst stellte? Daß seine innere Zensur noch größer war als meine.

»Warum macht ihr denn nichts zusammen?« hatte Kristina uns am Abend zuvor gefragt, als wir gemeinsam im Garten meiner Eltern saßen und Wein tranken. »Wenn der eine so begabt ist im Entwerfen und der andere den Rest kann?« Wir hatten sie geärgert mit unseren gutgemeinten Ratschlägen, daß eine Musikerin nicht zur Gartenarbeit und Hilfskrankenschwester taugt. »Besser eine Cellistin in Bulgarien als das hier«, hatte ich gesagt.

Und sie sah mich an und sagte: »Was wißt ihr von Bulgarien?«

»Ich war zumindest mal da. 1987.«

»Ja, am Strand für zwei Wochen und dann zurück. 1987. Das hat nichts mehr mit dem Land zu tun, das ich verlassen habe. Wußtet ihr, daß Bulgarien sich nach dem Krieg Stalin als Sowjetrepublik angeboten hat? Aber nicht mal der hat uns genommen. Wann habt ihr hier das letzte Mal etwas über Bulgarien gelesen? Als der Zar zum Ministerpräsidenten gewählt wurde? Vermutlich, wenn überhaupt. Der einzige gewählte König der Welt. Oder nach dem Ende des Kommunismus haben sie in Sofia versucht, das Dimitroffmausoleum zu sprengen. Das hat Tage gedauert. Es ist immer nur ein wenig zur Seite gesackt. Jeden Tag ein bißchen mehr. Sogar CNN hat das gezeigt. Dieses hin- und herwackelnde Mausoleum. Und das ganze Land hat sich amüsiert. Wir haben uns kaputtgelacht. Unsere beste Nachrichtensprecherin wurde nach Amerika eingeladen, um ein Praktikum bei CNN zu machen. Wißt ihr, wo sie heute ist? Sie arbeitet bei CNN in Amerika. Sie haben sie behalten wollen, und sie ist einfach dageblieben. Weil unser Land korrupt ist und lethargisch. Und weil man im Westen bei Ungarn aufhört zu denken und erst wieder in Griechenland anfängt. So sieht es aus in lovely Bulgaria.«

»Ich würde übrigens wirklich gern mit dir etwas zusammen machen«, sagte ich zu Robert auf der Hotelterrasse in Zippendorf.

Er sah mich an.

»Wozu?«

»Mensch, Robert, du bist vermutlich der beste Architekt, den ich kenne. Und okay, du bastelst da an deinen eigenen Häusern rum. Machst alles so, wie es dir gefällt. Mußt dir von niemandem reinreden lassen. Aber du bist noch nicht einmal vierzig. Wie lange wirst du das durchhalten?«

»Du meinst, ich soll mit dir mit diesen Altbausanierungen anfangen? Ein eigenes Büro? Und dann machen die Bauherren das mit mir, was ich jetzt mit den Firmen mache? Mich runterhandeln bis ich quietsche? Honorare meilenweit von der Gebührenordnung entfernt? Damit wir dann soviel verdienen, daß wir gerade so die Miete des Büros bezahlen können? Und von Architektur kann ja wohl nicht die Rede sein. Plastikfenster, Papptüren, falscher Stuck. Ich sehe es schon vor mir. Zwölf Stunden arbeiten und mehr. Hast du darauf Lust? Dann hättest du ja auch bei Lahn bleiben können.«

»Der hat mich rausgeschmissen, wenn ich dich erinnern darf. Wir könnten es wenigstens versuchen. Und wir könnten an Wettbewerben teilnehmen. Vielleicht gewinnen wir ja einen. Das könntest du zum Beispiel machen. Ich baue dann dafür in der Zwischenzeit ein paar Plastikfenster für unsere Miete ein.«

»Ich weiß nicht, ich weiß nicht.«

»Das können wir ja vertiefen, wenn ich wieder da bin«, sagte ich, und er lächelte zumindest.

»Ja erst mal erweiterst du ja deine Familie in die Schweiz. Ihr seid wirklich die beknackteste Familie, die ich kenne. Eine kommunistisch-kapitalistische Familie mit einer Filiale in der neutralen Schweiz. Ich meine, besser kann es nicht laufen.«

»Wir waren weder kommunistisch noch kapitalistisch. Opportunistisch in hohem Maße, gut. Und das Kapitalistische funktionierte ja nur so lange, bis der glorreiche freie Markt tatsächlich kam und mit ihm die Baumärkte und Gartencenter auf der grünen Wiese. Unter Ulbricht und Honecker haben sie vierzig Jahre durchgehalten und sich immer in den Westen gesehnt und im übrigen ganz gut gelebt dabei. Besser als die meisten hier. Aber als die Mauer fiel, haben sie noch genau zwei Jahre gemacht und mußten verkaufen. Sie konnten noch nicht einmal etwas dafür. Wer kauft schon heute seinen Rasenmäher in einer Samenfachhandlung, egal wie alt sie ist?«

»Was ist denn im Moment im Laden?«

»Ein Reisebüro. Vorher ein Jeansladen. Aber war wohl auch keine gute Idee.«

»Meinst du, sie will Geld?«

»Habe ich auch schon dran gedacht. Könnte sein. Und wenn es tatsächlich seine Tochter ist, dann wäre das ja auch nicht unberechtigt. Aber der Brief klingt nicht so. Es scheint um etwas anderes zu gehen. Um einen Vater. Es ist eigentlich ähnlich wie bei dir. Sollte mich auch wundern, wenn diese Maria nicht wissen wollte, wer ihr Erzeuger ist. Noch dazu, wo er aus der Zone ist. Das muß ihr doch so ähnlich vorkommen wie Papua-Neuguinea. Vielleicht ist dein Vater ja auch Finne. Bei deinen makellosen aschblonden Haaren und dieser ständigen Quarzerei. Könnte ich mir gut vorstellen.«

»Sehr witzig.«

Robert steckte sich eine Zigarette an und sah über den Strand auf das Wasser. Es sah aus, als würde er den vollen Strand und die Badenden gar nicht wahrnehmen.

»War deine Mutter eifersüchtig?« fragte er und redete weiter, ohne meine Antwort abzuwarten. »Der gute alte Wilhelm. Ich kann mir das gar nicht vorstellen. Es war aber auch bombensicher auf der Sonnenseite der Schandmauer. Die Wahrscheinlichkeit, daß ihn deine Mutter ertappt, lag bei null Prozent.«

»Sie war eifersüchtig. Aber absurderweise auf die Freundinnen meines Vaters, die er vor ihr gehabt hat. Von denen hat sie immer mal wieder erzählt und ihn damit aufgezogen. Ich kann mich nicht erinnern, daß sie wirklich eifersüchtig auf eine Kollegin oder Nachbarin oder sonstwen war. Mein Vater war beliebt bei ihren Freundinnen und auch bei anderen Frauen. Aber ihm war es schon zuviel, wenn er von einer von denen zum Tanzen genötigt wurde auf dem Silvesterball oder beim Fasching. Sie erzählte das oft am nächsten Morgen, wie er gegriffen wurde, wie sie sagte, und dann nach einem, spätestens zwei Tänzen zu ihr zurückkam. Eifersüchtig war sie vielleicht auf seine Arbeit. Auf die Zeit, die er in der Hochschule verbrachte.«

Sie war mit mir einmal nach Wismar gefahren. Ich war noch ein Kind, vielleicht neun oder zehn, aber ich habe keine Erinnerung mehr daran, worum es ging in dieser Vorlesung. Wir saßen ganz hinten im Hörsaal, und mein Vater stand vorn und redete. Ich kann mich daran erinnern, daß er lustig war, daß er Witze machte, die ich nicht verstand. Er machte eine Bemerkung, wie nebenbei, und dann lachten die Studenten, und mein Vater stand vorn und wartete, bis sie damit wieder aufhörten. Er lachte nicht mit. Nur als sie begannen zu lachen, als sein Witz funktionierte, lächelte er kurz und wurde dann wieder ernst, so als ob es ihm zuviel wurde, und er wartete und sprach weiter, als wäre nichts gewesen.

Danach sind wir in sein Zimmer im Institut gegangen, einem schmalen Raum, dessen Tür mit Kunstleder gepolstert war von außen. Befestigt mit großen Nieten. Braunes Kunstleder. Denn vor seinem Zimmer war der Frühstücksraum der Mitarbeiter und diese Polsterung sollte ihm die Ruhe geben, die er brauchte zum Arbeiten. Diese

Tür ist mir am besten in Erinnerung geblieben, und daß er damals das Sakko trug mit dem Bonbon, wie meine Mutter sagte, mit dem Abzeichen der Sozialistischen Einheitspartei Deutschlands, das meine Mutter nicht mochte und das er so nicht zu Hause trug. Er hatte das Sakko im Auto liegen und zog es an, wenn er ging, und aus, wenn er kam.

Ich fuhr am frühen Morgen, gegen vier Uhr, im Schloßgarten los Richtung Hamburg. So wie mein Vater nach dem Mauerfall mit meiner Mutter gefahren war, um ihr sein Zürich zu zeigen. Er muß sich sehr sicher gefühlt haben, er kann keine Angst vor einem Zusammentreffen mit Eva Holzinger und ihrer und so auch seiner Tochter gehabt haben. Sie waren sehr beschwingt, als sie fuhren, und auch immer noch in guter Stimmung, als sie wiederkehrten. Es schien, als hätten sie etwas gutgemacht, als hätte mein Vater meiner Mutter zeigen können, wie er diese Monate in Zürich verbracht hatte, Jahre zuvor. Aber das war unmöglich, eben das war unmöglich durch den Fall der Mauer, weil Zürich vielleicht immer noch so war wie zuvor, aber für meine Eltern nichts mehr gleich.

Als er damals wieder nach Schwerin zurückkam, nach seinem unerhörten Ausflug, war er still. Ich meine, nicht schweigsam, es war etwas anderes. Es war eine Stille. Es war, als würde er in sich zusammensacken. Er hatte noch ein paar Tage Urlaub, und meine Mutter bat ihn, etwas in dem kleinen Laden einzukaufen, den es im Schloßgarten gab, im »Konsum«. Er stand vor ihr in der Küche und sagte: »Das kann ich nicht.« Sie lächelte und ging selber in den Laden, der gemeinsam mit der Post im Erdgeschoß einer alten Villa untergebracht war und in dem es eben die Lebensmittel gab, die an diesem Tag vorhanden waren.

Eine alte Frau stand an der Rückseite der Regalreihen und bewachte sie den ganzen Tag, so als würden dort Kunstschätze aufbewahrt und nicht Milch und Zucker.

Aber mein Vater fand sich wieder ein. Er gewöhnte sich daran, daß er in einem Hörsaal Vorlesungen hielt, in dem es durchregnete und in dem das Institutsfaktotum bei starkem Regen Plastikschüsseln aufstellte, in die es melodisch tropfte, während er über Statik oder Baustoffe referierte, und irgendwann hat er das nicht mehr gehört, und auch in den »Konsum« konnte er wieder gehen. Aber in den ersten Wochen sagte er immer wieder: »Die haben dort ganz andere Möglichkeiten.« Das ist der Satz, der mir in Erinnerung geblieben ist. Von der Reise meiner Eltern nach dem Mauerfall kann ich mich an nichts mehr erinnern. An kein Foto, an keine Geschichte, nur daran, daß sie glücklich waren, als sie wiederkamen.

Sie wollten damals, daß ich mitkomme, daß ich mit ihnen nach Zürich reise, aber ich konnte das nicht, weil ich fast zwanzig war und nicht mehr mit meinen Eltern fahren wollte. Auch nicht nach Zürich. Ich habe die Stadt erst viel später gesehen auf der Durchreise nach Italien mit Susanne. »Daß dein Vater hier gelebt hat«, sagte sie einmal und war davon ergriffener als ich, weil ich es mir nicht vorstellen konnte, immer noch nicht, weil selbst Jahre später meine Phantasie an der Grenze zwischen Ost und West hängenblieb und es nichts nützte, daß mein Vater hier gewesen war. Es war eine Stadt wie jede andere, wie Mailand oder Wien. Den Zauber, den das Wort Zürich in der achtziger Jahren hatte, den fand ich nicht und konnte ihn auch nicht finden.

Ich ließ also an diesem Sommermorgen in Schwerin meinen besten Freund zurück, eine Bulgarin und meinen kranken Vater. »Was ist, wenn deine Mutter anruft?« hatte Robert mich gefragt. Es war die einzige Frage, die er gestellt hatte, seinen Aufenthalt in Schwerin betreffend. Und das war etwas, was ich sehr an ihm mochte. Er wußte, warum ich wollte, daß er dort war. Auch wenn er es vielleicht nicht endgültig verstand. »Sag ihr, wo ich bin, und sag ihr, daß es um einen möglichen Arbeitsplatz geht. Ein Vorstellungsgespräch. So was.«

Ich fand die Adresse schnell. Ein kleiner Stadtplan, den ich mir an einer Tankstelle gekauft hatte, führte mich dorthin. Es war in der Nähe der Kunsthalle, in der ich mir damals mit Susanne die Ausstellung eines amerikanischen Fotografen angesehen hatte. Und von dort folgte ich einer der alten blauen Straßenbahnen, die mich an die gelben Bahnen in der DDR vor fünfundzwanzig Jahren erinnerten. Zürich ist eine altmodische Stadt. Auch wenn man ihr Modernität nachsagt, gibt es viele Dinge wie diese Straßenbahnen, die ihr etwas Bewahrendes geben, etwas, das in Deutschland, Ost wie West, verschwunden ist. Sicher gehören auch die Häuser dazu, die mit ihren wuchtigen makellosen Fassaden seit Hunderten von Jahren keinen Krieg gesehen haben. Aber das ist es nicht, was ich meine.

Das Haus, in dem Eva Holzinger wohnte, war unauffällig, vierstöckig und hatte schmiedeeisernen Balkone. Der Eingang war seitlich, also nicht an der Straße gelegen, und hier gab es auch numerierte, gelbumrandete Parkplätze, die zum größten Teil zu einem medizinischen Labor gehörten, wie ein Schild verriet. Es waren so viele davon frei, als ich am Nachmittag dort ankam, daß ich hoffte, die Mitarbeiter wären im Urlaub, und den Wagen dort parkte. Den Wagen meines Vaters.

Es war auch in Zürich heiß. So wie überall in Europa in diesem Sommer. Ich hatte irgendwann die Klimaanlage im Auto angestellt, obwohl ich diese Art der Kühle nicht mochte, aber sonst wäre die Fahrt unerträglich gewesen. Jetzt war es Nachmittag und die Wärme angenehm, auch wenn die Luft stand und man in ihr noch die Mittagshitze ahnen konnte. Ich nahm mir meine Badehose und ein Handtuch und ging zum See. Das war einfach in dieser Stadt. Ich mußte einmal fragen, aber ich fand ihn schnell. Er lag vor mir, langgestreckt und bergumsäumt, und auf dem glattgemähten Rasen davor lagen die Menschen in der Sonne oder sie schwammen im See. Auch ich tat dies, und es war ungewöhnlich für mich, für ein Kind des Nordens, mit diesen Bergen und dem See. Mein Vater hatte tatsächlich davon geschwärmt, damals, so wie Eva Holzinger es in ihrem Brief geschrieben hatte. Auch vom Schauspielhaus, von Restaurants, sogar vom Bahnhof und den Geschäften in der Bahnhofsstraße.

Mir war leicht, als ich wieder am Auto war, fast wie in einem Urlaub. Ich wollte irgendwo einen Kaffee trinken und mir überlegen, was jetzt zu tun sei, aber eigentlich wußte ich das schon. Ich würde klingeln, und ich würde es ihr sagen. Aber ich wollte noch ein wenig Zeit. Als ich die Badesachen im Auto verstaute, sagte eine Frauenstimme hinter mir: »Sind Sie aus Schwerin?« Sie sagte es nicht auf schweizerdeutsch, es war kaum ein Akzent zu hören. Ich drehte mich um, und vor mir stand eine vielleicht fünfzigjährige Frau. Sie hatte ein längliches Gesicht und schulterlange dunkelblonde Haare. Sie trug schwarze Hosen, eine weiße Bluse, eine Perlenkette und ebensolche Ohrringe. In der Hand hielt sie eine Papiertüte mit Einkäufen und mit der anderen Hand deutete sie auf das Nummernschild. Auf die Buchstaben SN. Ich wußte, daß sie es war, und drehte mich trotzdem nach dem Nummernschild um, in die Richtung, in die ihre Hand zeigte.

Dann sah ich sie an und sagte: »Sind sie Eva Holzinger?«, und sie sagte: »Ja«, und ich begann zu reden, wer ich sei, sein Sohn, und daß er krank sei, fast tot, daß er ihren Brief nicht lesen konnte und ich ihn gelesen hätte und daß ich deshalb gekommen wäre. Ich hörte mich reden wie einen Fremden, wie eine dritte Person, ich dachte parallel, wie aberwitzig das alles ist, und war auf sie zugegangen, näher an sie heran. Ihr eines Auge dreht sich etwas weg, so als ob sie in Ohnmacht fallen würde, sie holte mit der Papiertüte aus und wollte damit nach mir schlagen. Machte so auch einen Schritt auf mich zu, aber die Tüte war wohl zu schwer, sie schwang nur etwas in meine Richtung. Sie schrie. Ich verstand kein Wort, und dann holte sie Luft und sagte: »Machen Sie, daß Sie wegkommen. Aber ganz schnell.« Dann drehte sie sich um und verschwand im Haus.

10

Ich erwachte von der Wärme im Auto, von der Sonne, die auf den Mercedes gefallen war und die ein Weiterschlafen unmöglich machte. Es schien immer noch niemanden zu stören, daß ich auf diesem Parkplatz stand. Im Labor, dem weißen einstöckigen Gebäude auf dem Hof, war niemand zu sehen. Mein Kopf schmerzte, und ich öffnete die Heckklappe und saß so eine Weile mit baumelnden Beinen über dem Beton.

Ich konnte mich nicht genau erinnern, wie ich in der Nacht in dieses Auto gekommen war. Sturzbetrunken. Es gab schemenhafte Bilder von einem Taxi, aber ich war mir nicht sicher. Konnte mich nicht erinnern, die Adresse gesagt zu haben, nicht an das Gesicht eines Fahrers. Auch wie ich dann die Rücksitze umgeklappt hatte und den Schlafsack ausgerollt, wie ich mich hingelegt hatte und eingeschlafen war, nichts davon wußte ich noch.

Ich hatte, glaube ich, noch keinen klaren Gedanken gefaßt an diesem Morgen, als ich ihren Brief fand. Einen Zettel diesmal, der unter dem Scheibenwischer klemmte. Eine Entschuldigung stand darauf und der Vorschlag, sich zu treffen in einer Pizzeria, die tatsächlich »Ciao« hieß. Sie würde einen Tisch dort bestellen für den Abend. Das waren gute Aussichten, das klang danach, daß ich dies hier hinter mich bringen könnte, was auch immer das heißen würde.

Ich holte mir ein Croissant und einen Kaffee in einer Bäckerei und setzte mich in den kleinen Park, der dem Haus gegenüberlag. Ein wenig versteckt, weil die Eingangstür eher wie der Zugang zu einem Haus wirkte, doch dahinter befand sich ein Park mit Bäumen und Bänken und einem kleinen Kaninchengehege. Mütter spielten mit ihren Kindern, und viele Rentner im hohen Alter saßen hier herum. Es war der Garten eines Altersheimes, wie mir eine alte Dame am Tag davor erklärt hatte, als ich hier ebenfalls saß, allerdings mit einer Flasche Bier.

Eva Holzingers Auftritt war erst wenige Minuten vergangen, und ich hatte dort gesessen im Schatten einer Platane, und die alte Dame hatte sich neben mich gesetzt und sehr freundlich mit mir geredet. Auf schweizerdeutsch, aber ich konnte sie gut verstehen, weil sie langsam sprach und es ihr wohl letztendlich egal war, ob ich sie verstand. Sie trug einen winzigen weinroten Hut trotz der Wärme und obwohl auch sie nicht einmal eine Jacke anhatte. Mein Handy klingelte, und die alte Dame verschwand sehr höflich, wobei sie sich beim Aufstehen auf der Bank abstützte und zum Gruß nur die Hand hob. Am Telefon war meine Mutter.

»Na, du machst ja Sachen, mein Junge. Willst du in die Fußstapfen deines Vaters treten?« fragte sie. Während meiner Zeit in Schwerin hatte sie immer wieder angerufen, jeden zweiten Tag immer um sieben Uhr abends, bevor sie mit Kelly zum Abendessen ging. Sie wollte nicht wirklich etwas wissen, sie wollte sich nur versichern, daß alles glatt lief am Kalkwerderring. Plauderte immer erst mit mir und dann mit Kristina.

»Ja«, sagte ich. »Wer weiß? Obwohl, Zürich? Ich weiß nicht, ob ich hier leben könnte?«

»Die Schweiz ist doch schön, deinem Vater hat sie so gefallen. Was ist das für ein Büro?«

»Ach, die bauen hier in Kloten einen neuen Terminal für den Flugplatz, und das Büro ist dort involviert. Sie brauchen wohl dringend Leute. Vermutlich so lange, wie sie daran arbeiten. Es wäre zumindest etwas zum Überbrücken.«

Ich hatte davon in Berlin in der Zeitung gelesen, daß Zürich seinen Flugplatz vergrößern würde, daß es Proteste dagegen gab und viele Stimmen, die meinten, daß das geplante Terminal völlig überflüssig sei.

»Hast du sie schon getroffen.«

»Nein, nein, erst morgen. Wir werden sehen. So richtig kann ich es mir nicht vorstellen.«

»Christoph, überlege es dir. Die Zeiten sind hart. Du bist ungebunden, vogelfrei, und ein paar Jahre im Ausland sind immer gut für den Lebenslauf.«

»Mal gucken. Wie geht es euch?«

»Ach, wir nehmen zu hier bei dem vielen Essen und liegen am Meer und baden. Es ist schön. Sehr eigen. Die Insel ist fast kahl und das wenige ist verbrannt von der Sonne. Du hättest den armen Robert nicht nach Schwerin holen müssen. Kristina können wir doch vertrauen.«

Ich konnte an ihrer Stimme hören, daß es ihr gefiel, daß Robert in Schwerin war. Es gab Freunde von mir, die sie in ihr Herz schloß und dann nicht wieder hinausließ. Robert gehörte dazu.

»Na ja, vielleicht gefällt sie ihm ja. Ist ja ein hübsches Mädchen. Daß er immer noch allein ist, so ein netter Kerl.«

So weit ging das bei ihr. Immer, wenn Robert keine Freundin hatte, erkundigte sich meine Mutter nach seinem Liebesleben und wollte ihn unter die Haube bringen. Als würde sie sein Alleinsein nicht ertragen. Bei mir hatte sie sich das inzwischen abgewöhnt und fragte auch nicht mehr nach Susanne, was sie nach der Trennung anfangs getan hatte und was mich zur Weißglut brachte.

Ich beendete das Gespräch und blieb sitzen unter diesem Baum. Trank noch zwei Bier, die ich mir in einem Supermarkt gekauft hatte, und sah hin und wieder zu dem

Haus von Eva Holzinger hinüber. Ich wußte durch das Klingelschild, daß sie im dritten Stock wohnte, aber ich sah dort niemanden, weder sie noch diese Tochter. Was würde sie machen dort oben? War ein Mann dort, ihr Mann? Derjenige, der mit ihr ist, wie sie in dem Brief geschrieben hatte? Kam sie von der Arbeit und sah jetzt fern oder bereitete das Abendessen vor?

Ich stand auf, verließ den Park und lief wieder hinunter in die Stadt, am Kunsthaus vorbei und durch die Altstadt, wenn man denn davon sprechen kann, denn schließlich ist hier alles alt. Das Zentrum war voller Touristen. Es gab Bars und Cafés, aber das war nicht das, was ich suchte. Ich ging hinunter zur Limmat und an ihrem Ufer entlang neben den Straßenbahnschienen zum Bahnhof und in das große Gebäude hinein. Ein Kopfbahnhof oder Sackbahnhof, wie man das bei uns nannte. Einer, aus dem die Züge nur rückwärts hinausfahren können, so wie sie gekommen sind, und mich überfiel eine Sehnsucht, wie sie einen nur auf großen Bahnhöfen befällt. Wegzufahren, weit weg in eine andere große Stadt, in ein fremdes Land. Auf Kleinstadtbahnhöfen, wie auf dem in Schwerin mit seinen mickrigen zwei Bahnsteigen, ging es immer nur darum, wegzukommen. Etwas hinter sich zu lassen.

Das Gebäude in Zürich kann man über die Gleise verlassen. Es ist an der rechten Seite offen, man kann den Bahnsteig entlanggehen und dann einfach überwechseln auf den Bürgersteig oder das Trottoir, wie sie hier vermutlich sagen, so wie sie merci sagen und Velo.

Hier fand ich das, wonach ich gesucht hatte und was man vielleicht überall auf der Welt in der Nähe von Bahnhöfen findet. Ein Kneipe, eine Kaschemme, gar nicht so heruntergekommen, vielleicht lag das an der Schweiz. Auf den blankgescheuerten Tischen lagen rotweißkarierte

Decken, es war stickig, und obwohl es draußen noch hell war, brannten die kleinen Lampen auf den Tischen. Es war klein hier und nur am Tresen saß ein Pärchen, das bessere Tage gesehen hatte, vielleicht. Ich war mir sicher, ich wußte, daß bei diesem Wetter kaum noch jemand hierherfinden würde. Es roch nach Bier, und ich ließ mir von der Wirtin, einer untersetzten Person im verwaschenen Blumenkleid, also ein Bier bringen. Es gab Wurstsalat, Rösti und Kalbsbratwurst. Ich entschied mich für die Bratwurst. Die Wirtin sprach die Bestellung ins Telefon. Sie behandelte mich sehr freundlich, sehr zuvorkommend, so wie es einem oft in dieser Art Kneipen passiert.

Das Pärchen am Tresen rauchte, trank und redete. Sie drehten sich ein paarmal nach mir um und ignorierten mich dann. Die Haare der Frau waren blondiert und am Ansatz grau. Sie trug einen schwarzen Minirock und ein T-Shirt. Und er hatte sein Hemd weit offen, eine goldene Kette um den Hals und ihm fehlten zwei Zähne. Dazwischen war einer stehengeblieben, so daß er mehr auffiel als die Lücken links und rechts. Es lief Musik, gnadenlos veralteter Pop, aber zumindest kein Fernseher, was es leider immer öfter in dieser Art Kneipen gibt und nur im Süden zu ertragen ist, wo man das, was dort geredet wird, nicht versteht, in Italien oder Portugal, wo es dazugehört. Nach einer Viertelstunde wurde meine Bratwurst gebracht, nicht von hinten, sondern durch die Eingangstür von einer anderen Frau, und wo auch immer die Wirtin sie bestellt hatte und wo und wer sie gebraten hatte, sie war gut.

Ich bestellte weiter Bier und nach dem Essen jeweils einen Schnaps dazu, so wie mein Bruder es im »Jäger« getan hatte. Ich betrank mich langsam, und irgendwann kam ein Mann herein, der klein war und alt mit einem grauen zottigen Bart. Er war gebeugt, und es wirkte, als ob er ein Bein nachziehen würde, aber das war nicht so. Etwas war in seinem Gang, das nicht synchron war, aber ich wußte nicht, was. Er lief durch die Kneipe und redete krächzend mit der Wirtin und dem Pärchen, und alle ignorierten ihn. Er setzte sich mehrmals an meinen Tisch, ließ zwei Stühle Abstand, rauchte, trank sein Bier und stand dann wieder auf. So als würde er es nicht aushalten. Was nicht aushalten? Ich trank mein Bier und irgendwann setzte er sich neben mich und redete auf mich ein. Auf französisch, was mir vorher nicht aufgefallen war, vielleicht nicht auffallen konnte durch seine krächzende Stimme.

Ich spreche kein Französisch, und das sagte ich ihm auch: »Je ne parle pas français.« Diesen Satz hatte mir Susanne in Paris beigebracht, als ich immer wieder angesprochen wurde von Franzosen. Den alten Mann schien das nicht zu interessieren. Ich glaubte jetzt ab und zu das Wort »allemand« zu verstehen und sagte »Oui, allemand«. Aber auch das war ihm egal. Die Wirtin kam zu mir an den Tisch, als der Alte auf die Toilette verschwand, und sagte in übertriebenem Hochdeutsch: »Sie müssen entschuldigen, aber wenn er sie belästigt, dann müssen Sie das sagen, oder? Das geht natürlich nicht.« Er belästigte mich, aber ehrlich gesagt amüsierte mich das, und ich verneinte und ließ ihm ein Bier bringen und einen Schnaps.

Er trank den Schnaps sofort, als er wieder erschien. Stürzte ihn hinunter. Mit dem Bier ließ er sich Zeit, nahm es vorsichtig in die Hand, stieß gegen mein Glas, sagte Prost und lachte dann laut und heiser. Er kramte in einem Stoffbeutel, den er die ganze Zeit mit sich herumtrug, und holte drei Bücher hervor. Drei französische Paperbacks. Legte sie vor mich hin und kicherte. Dann kam ein Pornoheft zum Vorschein und danach folgten zwei Türklinken, die allerdings nicht zueinander paßten. Er redete unaufhörlich, und ich weiß nicht, ob er mir das alles verkaufen wollte oder ob er mir nur seine Schätze zeigen wollte. Dann steckte er alles wieder ein, wobei er die Frau auf dem Pornoheft auf die Möse küßte, lachte und sah sich wieder in der Kneipe um.

Es lief »How deep is your love« von den Bee Gees, aber in der Coverversion einer Boygroup. Es klang gar nicht so schlecht, und der Alte sprang auf, wackelte an den Tresen, verbeugte sich vor dem Minirock und forderte die Frau offensichtlich zum Tanzen auf. Sie machte nur eine wegwerfende Handbewegung und trank aus ihrem Glas. Ihr Begleiter surrte seinen Kettenanhänger von links nach rechts und wieder zurück, lachte sein zahnloses Lachen und sagte etwas auf französisch. Der Alte verbeugte sich noch einmal, drückte dann seinen Stoffbeutel an die Brust wie eine Geliebte und tanzte langsam und mit geschmeidigen Bewegungen. Es war übertrieben, aber es war das völlige Gegenteil zu seinem humpelnden Gang. Das ist das letzte Bild, an das ich mich klar erinnere in dieser Nacht, dieser Alte, wie er sehr schön mit einem Stoffbeutel tanzt.

Beim Salat sagte sie nichts mehr. Eva Holzinger kam eine halbe Stunde nach mir, pünktlich zur verabredeten Zeit in die Pizzeria. Sie hatte einen Tisch auf der Terrasse reservieren lassen. Um uns herum waren Familien mit lärmenden Kleinkindern, und die Kellner brachten die Speisen, indem sie sich um die spielenden Kinder bewegten wie Schiffe, ihnen ausweichend mit einem Hüftschwung. Sie hatte mich begrüßt, ihre Fingernägel waren dunkelrot lackiert, und ihre Garderobe glich der vom Vortag. Auch wenn es eine andere Hose war, eine andere Bluse.

Sie fragte mich nach meinem Tag in Zürich, nach der Temperatur des Seewassers, so als wäre ich hier im Urlaub. »Hatte es viele Japaner?« fragte sie und erzählte kurz von der Apotheke, die ihr gehörte, ein paar Straßen weiter, die sie vom Geld ihrer Eltern gekauft hatte, als diese ihre eigene Apotheke im Thurgau verkauften, weil ihre Tochter sie nicht übernehmen wollte. Sie berichtete mir darüber, als wäre sie dazu verpflichtet, als müsse sie mir das erklären, wie um sich zu erklären.

»Vielleicht können wir uns duzen«, sagte sie, nachdem sie den Salat mit einer für mich fast zeitlupenhaften Geschwindigkeit gegessen und ich ihr dabei zugesehen hatte. »Das würde es einfacher machen für mich.«

Ich stimmte zu, und auf die Frage, was ich davon dächte, was ich über sie und meinen Vater denken würde, antwortete ich, daß da nicht viel in meinem Kopf wäre. Nichts Genaues, weil ich mir gar nichts erklären könnte, und daß ich meinen Vater nicht mehr fragen konnte in seinem Zustand. Von diesem Zustand berichtete ich, knüpfte dort an, wo sie mich unterbrochen hatte am Vortag durch ihre Schreierei, und erzählte von den zwei Schlaganfällen und seinem Leben in einem Bett am Kalkwerderring.

»Du redest von ihm schon in der Vergangenheit«, sagte sie, und ihr rechtes Auge bewegte sich wieder für einen kurzen Moment aus der Bahn, das war mir jetzt hier auf dieser Restaurantterrasse mehrfach aufgefallen. Es war wie ein Tick, wie etwas, daß sie nicht kontrollieren konnte und was sie selbst vielleicht gar nicht bemerkte.

»Ja, ich weiß, es ist mir auch schon aufgefallen. Das liegt daran, daß er so fern ist, daß es mir unmöglich vorkommt, an ihn heranzukommen, daß er eben nicht mehr so ist wie vorher, daß es so erscheint, als wenn er nicht mehr er ist. Der er mal war.«

»Es ist alles anders, als du es dir vielleicht doch denkst, Christoph. Du hast Ähnlichkeit mit ihm, das hätte mir eigentlich schon gestern auffallen müssen. Deine Gesichtsform, das Grübchen am Kinn, die wasserblauen Augen. Du erinnerst mich schon an ihn, aber das hörst du vermutlich nicht zum ersten Mal.«

Eine Ähnlichkeit mit meinem Vater wurde mir auf jedem Familienfest von Freundinnen meiner Mutter attestiert. Etwas, was ich selber nicht sah, das aber so klang wie das, was Eva Holzinger da sagte. Das mir eher auf einigen seiner Jugendfotos auffiel, auf den Fotos, die ihm Astrid und Gerd geschenkt hatten zum sechzigsten Geburtstag und die er uns nie gezeigt hatte. Darauf erkannte ich etwas in seiner Haltung, seiner Art, in die Kamera zu sehen, das mich an mich selbst erinnerte.

»Wo haben Sie ihn kennengelernt?« fragte ich sie, während sie ihre Pizza zerschnitt. »Also du, wo hast du ihn kennengelernt?«

»Wir haben zusammengelebt für sechs Wochen in einer der Wohnungen der ETH. Ich gehörte dort eigentlich nicht hin, diese Wohnungen war für Gäste reserviert, für Leute wie Wilhelm. Aber ich brauchte dringend eine Bleibe für ein paar Wochen, weil ich nach dem Studium gerade erst nach Zürich gezogen war. Wie das so ist, ich kannte jemanden in der Verwaltung, der diese Zimmer vergab, es standen einige leer, und so konnte ich dort wohnen für ein paar Wochen.«

Sie schob den leeren Teller von sich weg und bestellte noch einen halben Liter Rotwein.

»Außer deinem Vater und mir wohnte da noch ein kauziger Mann aus Deutschland, ich habe vergessen, wie er hieß, aber er war wirklich sehr, sehr merkwürdig. Er kam kaum aus seinem Zimmer heraus, man hörte keine Geräusche von ihm, auch im Badezimmer stand nicht einmal eine Zahnbürste, er muß sie immer wieder mit in sein Zimmer genommen haben. Wir nannten ihn den Geist. Aber dein Vater war sehr freundlich zu ihm, wenn er ihn denn doch einmal getroffen hat. Ich mochte deinen Vater von Anfang an. Er war zwanzig Jahre älter als ich, er war sehr zurückhaltend, altmodisch und, ja, er kam aus diesem Land, von dem ich nichts wußte. Das für mich wie ein anderer Planet war. Vielleicht ging euch das mit der Schweiz auch so. Er kam aus dem Sozialismus, und meine Generation hatte eine Schwäche dafür. Obwohl wir natürlich damals schon wußten, daß das da bei euch nicht richtig funktionierte. Aber es war ein Gegenentwurf zu dem, was es bei uns gab. Man konnte dafür sein, ohne daß es einem wehtat.«

Sie goß Wein nach und stutzte über mein immer noch sehr volles erstes Glas.

»Magst du keinen Wein? Dein Vater hat das sehr gemocht. Italienische Restaurants. Wir sind manchmal zusammen in den Ausgang gegangen. Er hat dann immer nur eine Vorspeise gegessen oder ein Dessert, weil er wenig Geld hatte, aber er hat es genossen. Hat angefangen, ein paar italienische Wörter zu lernen, seinen Wein auf italienisch bestellt.«

Mein Zurückhaltung den Wein betreffend war wohl eher in der Nacht zuvor begründet, und ich konnte und wollte auch mit dieser Frau nicht trinken. Ich schüttelte nur den Kopf, und sie redete weiter.

»Aber das Sozialistische an ihm war enttäuschend. Er gestand mir, daß er in der kommunistischen Partei war, wie etwas Verbotenes, so als würde er sich schämen. Er wollte darüber nicht reden. Und auch seine Meinungen über gewisse Dinge glichen eher denen meiner Eltern.

Wir haben über Niederdorf diskutiert, den Platzspitz gab es ja erst später, mehrere Male. Ich war selbstverständlich dafür, ich kannte das alles auch eher aus dem Fernsehen, ich war ja noch nicht lange in der Stadt. Aber er war strikt dagegen. Drogen zu legalisieren, in welcher Form auch immer, das sei ein Verbrechen.«

Wie ich meinen Vater kannte, muß er auch Angst vor ihr gehabt haben. Ich kann mir das nicht anders vorstellen, aber das war etwas, was ich mit ihr nicht besprechen wollte. Weil es egal war jetzt und nichts mehr mit dieser Situation zu tun hatte. Mein Vater muß jedem, der hier seine Nähe suchte, mit Mißtrauen begegnet sein. Mit der Angst, daß er von der »Firma« sei, mit der Angst, daß er, Wilhelm Radtke, auch in der Schweiz überwacht wurde von seinem eigenen Land. Und eine junge Frau war der Klassiker in jedem Agentenfilm.

»Es war ganz klein, Christoph, ganz klein. Ich habe ihm Avancen gemacht. Er gefiel mir, und ich wollte ja gar nichts von ihm. Er saß mir gegenüber, wie ein Eisblock, als wären wir nicht Mann und Frau. Das spielte in seinem Verhalten keine Rolle. Obwohl ich schon merkte, daß er guckte, wenn mein Ausschnitt einmal tief war, oder wenn ich nur mit einer Unterhose und im T-Shirt ins Bad ging. Aber er reagierte nicht darauf. Er schaute nur kurz. Ich war seit vier Jahren mit meinem Freund zusammen, und ich wollte ein … ja, ein Abenteuer. Wollte mal wieder jemand anderen anfassen und angefaßt werden. Dein Vater hat sich gewehrt, das muß ich sagen. Ich holte mir eine Abfuhr, aber ich habe es am nächsten Abend noch einmal versucht, und dann schlief er mit mir. Wir hatten bei einem Nachtessen viel Wein getrunken. Am nächsten Morgen taten wir es allerdings noch einmal. Da schien es mir selbstverständlicher. Danach ging er mir aus dem

Weg. Wenige Tage später reiste er ab, und davor klopfte er noch an meine Tür und verabschiedete sich mit einem Handschlag, und ich mußte ihn fast zwingen, mich zu umarmen. Einfach nur umarmen und drei Küsse auf die Wange, so wie wir das machen hier.«

Es war dunkel geworden. Aber immer noch angenehm warm. Die Straßenlaternen waren angegangen. Sie hingen an Seilen über der Straße, so wie die Ampeln in New York in der Houston Street. Eva goß uns noch einmal Wein nach.

»Mein Freund, mein späterer Mann, und ich zogen wenige Tage danach in eine gemeinsame Wohnung. Er war aus Bern gekommen. Ich wurde schwanger und wir freuten uns. Ja, ich habe dabei auch an deinen Vater gedacht, aber es konnte nicht sein. Es war eigentlich unmöglich. Zeitlich gesehen. Mein Mann war der Vater. Ich hatte keinen Zweifel. Aber mein Mann bekam Zweifel. Zwölf Jahre später, als ich mich neu verliebte und ihn verließ, da hatte er plötzlich Zweifel. Ich hatte vor deinem Vater einmal eine Affäre mit einem Freund von ihm. Ach was, Freund, ein Bekannter. Es war gar nichts. Von Wilhelm habe ich ihm natürlich nie erzählt. Aber er ließ hinter meinem und auch hinter Marias Rücken einen Vaterschaftstest machen. Weil er verletzt war, daß ich ihn verließ. Das war der einzige Grund. Ja, und er war nicht ihr Vater.«

»Das war mein Vater.«

»Es gab niemand anderes. Das mußt du mir glauben, Christoph. Dein Vater tat dies auch. Er hat es nie in Frage gestellt. Ich hatte nicht einmal eine Adresse, aber ich fand ihn sehr schnell über die ETH.«

»Was war in Hamburg?«

»Da haben wir uns getroffen. Ich bin mit Maria nach Sylt gefahren. Ich hatte eine deutsche Großmutter und die fuhr einmal im Jahr dorthin. Sie hat mich als Kind manchmal mitgenommen, und ich wollte das Maria zeigen. Ich hatte Wilhelm mehrere Briefe geschrieben. Mein Mann hatte es Maria gesagt, daß er nicht ihr Vater sei, aber weiter zu ihr stehen wolle. Mein Gott, einem zwölfjährigen Kind. Sie fragte mich natürlich, und ich erzählte etwas von einem Deutschen, in den ich mich kurz verliebt hatte und von dem ich nicht mehr wußte, wo er lebte. Nur den Namen wüßte ich. Von der DDR sagte ich nichts, die gab es ja auch gar nicht mehr. Ich habe wohl auch einen Schuldigen gesucht für meine Situation. Sie waren beide schrecklich. Maria und Wilhelm. Wobei Maria zumindest nicht wußte, worum es ging. Sie war in der Pubertät, und sie sah diesen fremden alten Mann, der mit uns in einem Bahnhofscafé saß. Nach zehn Minuten verschwand sie und ging durch die Geschäfte des Bahnhofs. Und Wilhelm wartete nicht einmal, bis sie zurück war. ›Brauchst du Geld?‹ hat er mich gefragt. Das war das einzige, und ich brauchte verdammt noch mal kein Geld. Zumal sich mein Mann bis heute um Maria kümmert. Er liebt sie abgöttisch. Mit dem Test wollte er mich treffen, nicht sie. Auch wenn er sie getroffen hat. Es tat ihm später leid.«

»Wo ist Maria jetzt?«

»Sie ist am Comer See für den Sommer. Sie hat einen Freund. Na ja. Morgen ist Samstag, laß uns doch dort hinfahren. Ich würde sie dir gern vorstellen. Ihr seid Geschwister, oder? Hast du Lust, es ist sehr schön dort.«

Ich wäre auch mit nach Rom gekommen. Eva Holzinger war beschwipst, sie mußte es sein, da ich wenig von dem Liter Wein getrunken hatte. Aber man merkte ihr nichts an, sie meinte das ernst. Es lag nicht am Wein. Und ich wollte jetzt alles wissen. Wollte auch noch diese Maria sehen.

»Laß uns mit dem Zug fahren, ich habe ein wenig Angst beim Autofahren. Wir bleiben eine Nacht dort, es gibt Platz genug.«

»Hast du es ihr gesagt, ich meine, weiß sie Bescheid?«

»Mach dir darüber keine Sorgen, Christoph, es ist in Ordnung jetzt. Laß uns morgen früh einen Zug nehmen und nach Italien fahren.«

11

Ich ging durch den Zug, um Kaffee zu holen. Wir fuhren auf die Berge zu, auf die Alpen, von denen mein Vater geschwärmt hatte seit seinem Besuch in der Schweiz. Von Zermatt, von der Wand aus Jungfrau, Eiger, Mönch, und der Gewalt, die sie ausstrahlten, wenn man vor ihnen steht. Eva Holzinger schlief. Wir saßen an einem Tisch in einem Großraumwaggon, und sie war bald, nachdem wir Zürich verlassen hatten, eingeschlafen.

Wir sind am Abend davor gemeinsam nach Hause gegangen, und sie bat mich nicht mit in ihre Wohnung, wofür ich dankbar war. Sie verabschiedete sich an der Tür, und ich ging die paar Meter bis zum Auto und kroch wieder in den Kombi und schlief so wie in der Nacht zuvor. Zur verabredeten Zeit trat sie dann vor die Tür. Sie trug einen dunkelblauen, knielangen Rock, eine weiße Bluse und Sandalen, und sie war allein, aber ich hatte auch nicht wirklich mit einem Begleiter gerechnet. Wir fuhren mit der Straßenbahn zum Bahnhof, und sie war schweigsam. Anders als am Abend davor. Sie ließ es sich nicht nehmen, die Tickets zu bezahlen, und dann fuhren wir los.

Ich kaufte zwei Kaffee und brachte sie zurück an den Tisch. Sie erwachte, griff nach der Tasse, nickte mir zu und sah aus dem Fenster.

»Ist Wilhelm ein zärtlicher Vater gewesen, Christoph?« fragte sie.

»War er denn zu dir zärtlich?«

Sie trank einen Schluck Kaffee und sagte: »Ist die Frage nicht etwas unverschämt?« Ich sah sie an und dann auf meine Tasse.

»Er war kein zärtlicher Vater. Es gab so gut wie gar keine Zärtlichkeit mit ihm. Wenn ich ihn in den Arm nahm, an seinem Geburtstag oder einfach nur bei der Begrüßung, wenn ich aus Berlin nach Hause kam, dann war er wie ein Brett. Man mußte ihn richtig an sich drücken. Er konnte das nicht und hatte wohl auch kein Bedürfnis danach. Auch bei meinen Geschwistern nicht. Mit Astrid war das nicht besser, es lag also nicht daran, daß ich ein Junge war.«

»Ich wollte dir nicht zu nahe treten.«

»Wir sind uns hier doch schon längst zu nahe gekommen. Das bringt diese Situation wohl mit sich. Er wollte einen Abstand zu allem. Ich weiß nicht, wie er das gemacht hat und warum. Aber er schien mit meiner Mutter zufrieden zu sein. Sie war der einzige Mensch, den er an sich ranließ auch im körperlichen Sinne. Er hörte mit der Hochzeit auch auf, sich um seine Freunde zu kümmern. Als ich geboren wurde, gab es so etwas schon gar nicht mehr, obwohl er einige gehabt hatte als Schüler und als Student. Meine Mutter lud ihm Gäste ein für seinen Geburtstag, ich glaube, sonst hätte er da ganz allein gesessen. Und es waren so mehr ihre Freunde als seine. Aber ihm schien das zu gefallen. Er war ausgelassen an solchen Tagen. Für seine Verhältnisse jedenfalls.«

»Er hat nicht viel von deiner Mutter erzählt. Schon eher von euch Kindern. Es klang durchaus so, als wäre er stolz. Von dem Geschäft, das ihr hattet, davon sprach er hin und wieder, und ich hatte das Gefühl, er wollte mir das gern erzählen, wie um zu zeigen, daß es auch noch etwas anderes gab als die Partei, in der er war.«

Der Zug fuhr durch einen Tunnel, und die Scheiben warfen unser Spiegelbild vor der dunklen Bergwand zurück. Um uns herum saßen Urlauber auf dem Weg ins

Tessin oder nach Italien, und ich beneidete sie um ihre Gesichter, die Vorfreude zeigten auf einen Urlaub, auf ein paar entspannte Tage.

»Ja, der Laden. Mein Onkel hatte sogar eine Möbelfabrik. 1900 gegründet, und sie haben sie ihm gelassen bis zum Anfang der siebziger Jahre, bis zur zweiten Enteignungswelle, als sie all die enteigneten, die ihnen noch zu groß waren. Sie setzten ihn tatsächlich als Geschäftsführer ein in seiner eigenen Fabrik, die jetzt ein Volkseigener Betrieb war. Er hat das nur kurz ausgehalten und dann als Tischler angefangen bei einem Bekannten. Ende der Achtziger konnte er sich sogar wieder selbständig machen mit seinen Söhnen in der Garage. So was ging. Mich hat der Laden nie besonders interessiert. Aber was gab es da auch schon zu sehen für ein Kind? Sie haben mit Samen gehandelt und mit Vogelfutter. Es gab Rasenmäher, wenn es sie denn gab, und Gartenstühle. Am Freitag nach der Schule bin ich dorthin gefahren mit dem Bus, und dann habe ich abgeholt, was sie eingetauscht hatten. Von anderen privaten Läden und durchaus auch von einigen staatlichen. Es gab in Schwerin Drogerien, die privat waren, Autowerkstätten, Möbelläden, Fleischereien, Bäckereien und Lebensmittelgeschäfte. Die Frauen der Familie gaben am Mittwoch bei einer Fleischerei die Bestellung für das Wochenende ab, und ich holte dann die Beutel am Freitag. Wenn es das Bestellte nicht gab, entschied die Fleischersfrau, was bei uns am Sonntag auf den Tisch kam. Manchmal gab es noch Bier oder Südfrüchte aus anderen Läden. Meine Großmutter teilte das auf die einzelnen Familien auf. So war das. Ausgesehen hat es vielleicht wie ein Geschäft in Zürich in den sechziger Jahren. Es ging einem gut damit, auch wenn es nicht ganz einfach war. Aber wer in der DDR mit etwas handeln durfte, dem ging es besser als dem Rest. Es war eigentlich egal, was man da verkaufte.«

»Und dein Vater, wie ist das nach dem Mauerfall gewesen? Hat er dann Schwierigkeiten bekommen?«

»Nein, das hat er nicht. Weißt du, er war beliebt bei den Studenten und auch bei den Professoren. Alles war unsicher zu dieser Zeit, und so haben sie ihn sogar 1990 übergangsweise zum Dekan gewählt. Und er war schlau genug, das nur übergangsweise zu machen. Selbstverständlich war er sofort nach dem Mauerfall aus der Partei ausgetreten, als es nicht mehr gefährlich war. Er war kein Hardliner. Wir brauchten uns zu Hause mit ihm nicht zu streiten, es gab keine Diskussionen über so etwas wie den Platz des Himmlischen Friedens. Sein Sakko mit dem Parteiabzeichen blieb in der Garage und mit ihm die SED. Und auch in der Hochschule gehörte er zu den gemäßigten Kräften. Das kam ihm 1989 zugute. Er wirkte glaubwürdig, wenn auch belastet. Und machen wir uns nichts vor, wenn ein Student vorher exmatrikuliert wurde, weil er etwas Falsches gesagt hatte, dann hatte auch mein Vater nicht dagegen, sondern dafür gestimmt. Er hätte gesagt: ›Alles andere wäre auch Selbstmord.‹ Aber genau deswegen hat die DDR so lange funktioniert. Auch wegen Menschen wie meinem Vater. Und ich war auch in der FDJ, der GST, der DSF. Mit jedem dieser Ausweise haben sie dich mehr korrumpiert, und es war nur eine Abstufung in Grautönen, wo man aufhörte. FDJ ja, SED nein. Geändert hat es nicht viel im Ganzen. Aber so genau konnte man nicht sein nach der sogenannten Wende. Mein Vater trat wieder ins zweite Glied zurück, als die Stelle des Institutsleiters neu ausgeschrieben und besetzt wurde. Aber gleichzeitig suchten viele westdeutsche Firmen Leute, die sich auf diesem neuen Markt auskannten.

Ein Bekannter vermittelte ihm einen Beratervertrag mit einem großen Baumarkt. So haben sie also weiter gut gelebt. Auch wenn neben ihnen viele die Arbeit verloren bis heute.«

»Das klingt alles nicht so, als ob du ihn besonders lieben würdest.«

»Wie soll das gehen? Wie soll ich jemanden lieben, der sich mir entzieht. Der über all das, was ich dir eben erzählt habe, kein Wort verloren hat. Er hat nicht einmal seine Stasiakte angefordert, obwohl es eine gegeben haben muß durch den Laden, die Westbesuche und diesen Schweizaufenthalt. Es würde mich nicht wundern, wenn auch du darin stehen würdest. Ich habe keinen Weg zu ihm gefunden, und er hat ihn nicht einmal gesucht. Er ist mein Vater, und ich hänge an ihm auf eine Weise, die man wohl nicht erklären kann.«

»Hast du denn Kinder?«

»Nein.«

»Vielleicht hat er ihn gesucht, und du hast es nur nicht gemerkt. Weil er es auf seine Art versucht hat.«

»Was heißt das, auf seine Art? Wie kann ich einen Weg suchen, wenn ich nicht kommuniziere? Er hat mich alle zwei Wochen in Berlin angerufen, und ich denke, ehrlich gesagt, er tat dies, weil es in seinem Terminkalender stand. Es ist gar nicht so, daß ich glaube, daß ich oder meine Geschwister ihm egal waren. Wenn wir krank waren oder es Probleme in der Schule gab, als Astrid eine Wohnung brauchte, dann hat er sich sofort gekümmert. Aber als er Rentner wurde und mit meiner Mutter zu Hause saß, hat er gar nicht mehr angerufen. Das tat immer sie, und ab und zu sagte sie: ›Ich gebe dir noch deinen Vater‹, und er sagte immer als erstes: »Ich habe ja schon alles gehört.«

»Fällt es dir schwer, über ihn zu reden?«

»Ja. Weil man kein richtiges Bild von ihm entwerfen kann. Nicht für andere und auch nicht für mich. Meine Freunde mochten ihn, und das lag daran, daß man hinter seiner Fassade immer mehr vermutete, als er zeigte. Weil man das Gefühl hatte zu wissen, wie er wirklich ist. Nur daß diese Wirklichkeit nie zum Vorschein kam. Man konnte sie vermuten, erahnen, aber nicht erleben. Er hat sich kaum in mein Leben eingemischt, sich nicht dafür interessiert. Meine Mutter tat dies und versucht es manchmal, bis heute, mich zu beeinflussen. Das ist nervend, aber ich muß mich damit auseinandersetzen. Sie stellt mir etwas entgegen. Bei ihm konnte ich das immer nur vermuten.«

»Aber daß du Architekt geworden bist, daß muß ihm doch gefallen haben.«

»Ja, das hat es, und ich habe da sicher mehr von ihm, als mir klar ist. In Räumen denken, Häuser bauen, das ist etwas, das uns verbindet, auch wenn er immer theoretisch gearbeitet hat.«

»Bist du angestellt?«

»Ich mache mich gerade selbständig.«

»Ist denn in Berlin nicht schon alles gebaut?«

»Die Goldgräberzeiten sind vorbei. Potsdamer Platz, das Regierungsviertel, die Friedrichstraße. Was das wert ist, wird man in ein paar Jahrzehnten wissen. Das meiste gefällt mir nicht. Aber was will man von einer Stadt erwarten, die ein Schloß wiederaufbauen will, das es seit sechzig Jahren nicht mehr gibt? Weil sie Angst haben, daß die heutigen Architekten diesen Raum nicht mehr adäquat füllen können. Nicht ganz zu Unrecht im übrigen. Aber es zu versuchen wäre mir noch immer lieber, als die Hohenzollern zurückzuholen, in Beton gegossen. Architekt zu sein heißt, Kompromisse zu machen. Man ist immer vom Geld abhängig und von den Bauherren, die im schlimmsten Fall den Entwurf am liebsten selber machen möchten. Aber ich liebe Baustellen. In der Stadt stehen drei Häuser, die ich entworfen habe, und sie fallen wirklich nicht besonders auf, aber ich träume immer noch davon, einmal ein Haus zu bauen, an dem alles stimmt, für mich jedenfalls.«

»So hat dein Vater damals auch gesprochen. So ähnlich. Er hat nie ferngesehen in dieser Zeit. Wenn er in der Wohnung war, hat er gelesen, Fachliteratur aus der ETH, aber auch Magazine und Zeitungen. Es war schön, ihn so versunken dasitzen zu sehen.«

»Er wollte ja auch Architekt werden. Wollte nach seinem ersten Studium noch weiterstudieren, aber dann kam meine Mutter, und Astrid und Gerd wurden geboren. Er bekam eine Stelle in Wismar und nahm seinen Doktorvater wirklich als eine Art Vater an. Der ebnete ihm den Weg bis zum Professor, und mein Vater schritt diesen Weg ab. Sein eigener Vater ist gefallen, er hat ihn gar nicht kennengelernt, wie so viele in dieser Generation. Vielleicht wußte er auch deshalb nicht, welche Bedeutung ein Vater für ein Kind hat. Weil er selbst nicht wußte, was das ist, ein Vater.«

Wir fuhren in den Bahnhof von Como ein. Die Berge hatten uns wieder ausgespuckt. Ein paar unscheinbare Gleise am Stadtrand. Wir gingen auf den Bahnhofsvorplatz, wo es wenige Kioske gab, in denen Zigaretten verkauften wurden und Zeitungen. Eva Holzinger kaufte zwei Billetts, und wir warteten auf den Bus, der uns weiterbringen sollte. Sie setzte sich auf die Bordsteinkante, und so konnte ich mir zum erstenmal vorstellen, wie sie ausgesehen hatte, als mein Vater sie kennenlernte, als sie in meinem Alter war. Auf eine unauffällige Art war sie hübsch, und eigentlich nichts erinnerte an meine Mutter. Aber hatte er sich denn für sie entschieden, oder hatte nicht auch sie ihn gegriffen, wie es die Tänzerinnen auf dem Silvesterball getan hatten? Hat sie ihm gefallen und wenn ja, was?

Es war noch heißer als in Zürich. Hier fing der Süden an, Zürich lag nur auf dem Weg dorthin. Irgendwo zwischen Norden und Süden. Ich ließ sie eine Weile allein und setzte mich auf eine Bank in den Schatten. Konnte so nur ihren Rücken sehen, wie sie den Kopf in die Sonne hielt. Der Busbahnhof war bevölkert mit Rucksacktouristen, Rentnern und Familien mit kleinen Kindern. Ein paar Fertighäuser standen dem Bahnhof gegenüber, und sie sahen langweilig aus, wenn auch italienischer als das, was in Schwerin gebaut wurde nach 1989 auf den Wiesen und Feldern um die Stadt herum. Wer so ein Stück Land zurückbekam, weil es vor Jahrzehnten irgendeinem Verwandten gehört hatte, der hatte das große Los gezogen. Konnte es teuer als Bauland verkaufen. Ein paar hundert Meter weiter wäre es nur Ackerland gewesen, das niemand brauchte.

Der Bus fuhr uns von Como weg Richtung Norden. Es war stickig, trotz der gekippten Fenster. Wir fuhren am westlichen Arm des Sees entlang. Es gab weiße Villen und rote und gelbe Häuser mit hohen schmalen Fenstern, vor denen hölzerne Fensterläden waren. Der Bus kam langsam voran, quälte sich diese Straße direkt am See entlang, und in den kleinen Orten wirkte es, als wäre die Straße zwischen die Häuser geschlagen worden. Der See lag still und eher grün als blau. Surfer und Boote darauf und kleine Fähren. Es gab Palmen, Agaven und Zypressen, und in den Gärten wucherten die Blüten in Gelb, Rosa und Rot. Eva Holzinger wurde wieder still, sie hatte mir den Fensterplatz überlassen, und so beschäftigte ich mich mit der Landschaft, bis sie den Halteknopf betätigte und wir ausstiegen in einem kleinen Ort. Er war nicht eng und verschachtelt wie die am Anfang der Fahrt, sondern zog sich den See entlang. Kneipen, Bars, Hotels und den Berg hinauf auch Häuser und Villen. Auf der anderen Seite lag nur ein Bürgersteig und dahinter der See.

Wir gingen dort weiter Richtung Norden. In eine kleine Ausbuchtung hatte der Besitzer des Cafés von gegenüber sechs Tische gestellt. Mehr hätten auch nicht hineingepaßt. Ein Ehepaar erhob sich in diesem Moment, und Eva Holzinger sagte: »Das kommt ja wie gerufen«, und wir setzten uns unter die aufgespannten Schirme direkt an das Wasser, das wenige Meter unter uns war. Der Kellner, ein alter Mann, mußte sich durch die Schlange langsam fahrender Autos bewegen. Er tat dies sehr lustig, und das war sicherlich für die Touristen eingeübt. Ich bestellte Pasta und Wein und sie nur einen Kaffee. »Wohnt Maria hier?« fragte ich.

Und sie setzte sich eine Sonnenbrille auf, deutete über den See auf die Spitze der Landzunge, wo sich das Wasser teilte in den westlichen und östlichen Arm. »Dort drüben in Bellagio hat sich ein Bischof von Mailand vor vielen Jahren einen Palast hinbauen lassen. Der würde dir gefallen. Mit einem prächtigen Garten. Der hatte genug Geld zum Bauen, so was gibt es heute gar nicht mehr.«

»Sag das nicht. Eine Freundin von mir hat gerade eine 200-Quadratmeter-Wohnung in Berlin-Mitte renoviert für einen Münchner Industriellen. Zwei Jahre hat das letztendlich gedauert. Da ist nichts Standard. Nicht mal die Fußleisten oder die Fenstergriffe. Sie ist wahnsinnig schön geworden. Er hat die Möbel in Frankreich und Italien anfertigen lassen, und die Kunst an den Wänden ist selbstverständlich echt. Nur hat er eigentlich gar nichts davon, weil er die Wohnung nicht braucht, weil er ja in München lebt und in Berlin noch eine Villa am Wannsee hat. Na ja, immer noch besser, als wenn er das Geld in Aktien stecken würde.«

Sie weinte. Ich sah das erst in diesem Moment, sah, wie ihr die Tränen unter der Sonnenbrille hervorliefen, während der Kellner meine Nudeln mit einem viel zu lauten »Allora« vor mich stellte.

»Was ist mit dir?«

»Sie ist tot, Christoph. Maria ist tot, seit über einem Jahr. Und ich kann immer noch nicht darüber reden.«

Sie hatte ihr Gesicht in die Hände gelegt, und es schüttelte sie. Ich nahm die Gabel und stach in das Essen und legte sie dann zurück neben den Teller.

»Sie ist tot?«

»Ja.« Sie sah mich wieder an, aber ich konnte ihre Augen durch die dunklen Gläser der Brille nicht sehen.

»Sie sind hierhergefahren vor gut einem Jahr. Ich bin viel mit ihr hiergewesen. Diesen See hier habe ich einmal geliebt. Wir waren zu dritt hier mit meinem Mann, und später dann nur wir zwei. Und letztes Jahr wollte sie das diesem Beat zeigen, diesem Geschleckten, diesem ... ich habe ihn nie gemocht. Er sah sehr gut aus, aber er hatte so gar nichts im Kopf. Von der ersten Minute an mochte ich ihn nicht. Dort oben ist es passiert.«

Sie zeigte über ihre Schulter Richtung Norden, ohne sich umzudrehen.

»Er hat einen Bus überholt mit seinem Motorrad und dabei die Kontrolle verloren. Sie sind gestürzt, und er ist nur auf seinem Hintern über die Straße gerutscht. Ihr wäre vielleicht auch nicht viel passiert, aber das Schutzblech des Motorrades ist ihr in den Hals gerutscht direkt unter dem Helm. Es hat eine Schlagader verletzt. Um sie herum standen Hunderte Menschen, nur einer hätte auf die Wunde drücken müssen. Nur einer. Richtig rein, der Arzt hat mir das später erklärt. Dann hätte sie eine Chance gehabt, aber so ist sie verblutet, wie ein Opfertier.«

Sie sah auf die Autos, die Stoßstange an Stoßstange an uns vorbeizogen.

»Sieh dir das an. Kannst du dir vorstellen, wie lange der Krankenwagen hier hoch gebraucht hat? Sie haben dann sogar noch einen Hubschrauber geschickt. Aber es war zu spät.«

Sie nahm die Brille ab, wischte sich mit einem Taschentuch über die Augen und schneuzte. Dann sah sie mich für einen kurzen Moment an und schob sich die Brille wieder vor das Gesicht.

»Christoph, du bist der Falsche, du bist ganz und gar der Falsche, ich weiß. Ich hatte mir dieses ganze Szenario für deinen Vater ausgedacht. Für ihren Vater. Ich wußte nicht, wie ich ihm das mitteilen sollte, und viel schlimmer war, ich wußte noch nicht einmal, ob es ihn interessierte. Als alles vorbei war, haben sie mir ihre Urne überreicht. Mein kleines Mädchen in einer Messingvase. Es gibt hier in den Bergen eine Kirche. St. Martino. Eine halbe Stunde von hier. Wir haben sie dort begraben. Mein Mann und ich. In jedem Urlaub hatte Maria an der Kirche gesagt: ›Wenn ich tot bin, würde ich gern hier liegen. Da könnte ich auf den See schauen.‹ Da lief es mir immer kalt den Rücken runter. Aber sie sagte dort auch Dinge wie: ›Der See sieht aus wie ein Mensch ohne Arme und Kopf.‹ Mir fiel das alles wieder ein, und dann haben mein Mann und ich eine kleine Kinderschaufel gekauft und sie dort oben heimlich begraben. Sie machen dort keine Beerdigungen. Mein Mann blieb noch ein paar Tage bei mir, und dann ging er wieder zu seiner Familie. Auch er war geschockt. Aber er hat eine neue Frau und auch zwei Kinder. Ich mußte immer mehr an deinen Vater denken, an Marias Vater. Ich fuhr sogar einmal nach Schwerin, ohne zu wissen, was ich dort eigentlich wollte. Das fiel mir erst so richtig vor eurem Haus auf. Dann habe ich noch diesen Brief geschrieben, und plötzlich standest du vor meiner Tür. Damit hatte ich nicht gerechnet.«

»Warum hast du mir das alles nicht gestern schon gesagt?«

»Weil du dasaßest wie dein Vater. Weil du nichts gesagt hast. Außer diesen Fakten, wie es deinem Vater geht. Wie ein Nachrichtensprecher. Du hast mich dasitzen lassen und reden und hast dich hinter deinem Glas Wein versteckt, und ich bin immer wütender geworden und habe das mit der Wut auf deinen Vater verwechselt. Und dann heute im Zug, da war ich wieder nüchtern und du auch ganz anders. Ich habe es irgendwie nicht sagen können. Aber ich wollte es dir wenigstens nicht oben an der Kirche sagen, so wie ich es mit deinem Vater vorgehabt habe. Du mußt mir das verzeihen.«

»Eva, mir tut das alles leid. Ich kann das nicht nachvollziehen, aber ich habe ja auch noch nicht einmal ein Foto von ihr gesehen. Ich weiß von dir erst seit ein paar Tagen. Eigentlich wollte ich hier eine Situation klären, mit der ich letztendlich nichts zu tun habe. Ich bereue es nicht, nicht einmal diesen Ausflug hier.«

Ich griff nach ihrem Arm.

»Geht es?«

Sie versuchte zu lachen und sagte:

»Nein, es geht überhaupt nicht. Dein Essen ist ganz kalt geworden.«

»Das ist in Ordnung.«

Sie rief den Kellner und zahlte.

»Möchtest du mitkommen zu St. Martino?«

»Nein, das möchte ich nicht. Ich glaube, es ist genug für mich. Ich werde wieder zurückfahren.«

»Gut, dann eine schöne Reise, und ich hoffe wirklich, du verzeihst mir das alles.«

Sie schulterte den kleinen Rucksack, den sie dabeihatte, gab mir die Hand und ging. Aber nach ein paar Metern dreht sie sich noch einmal um.

»Christoph, kannst du, mit Wilhelm, wirst du mich informieren, wenn es vorbei ist?«

»Ja, das werde ich tun.«

12

Der Mond hing wieder schmal am Himmel, nur dieses Mal ging sein Bauch zur anderen Seite als noch zwei Wochen zuvor in Berlin, wo ich ihn vom Dach aus gesehen hatte. Robert und ich saßen am Pool mit den Füßen im Wasser, und es war immer noch nicht ganz dunkel, obwohl es schon nach zehn war.

Er war verliebt, Robert war verknallt in Kristina, und mir erschien das jetzt fast selbstverständlich und folgerichtig. Er wußte nichts über sie von dem, was ich wußte, nichts vom Saxophonisten und Karlsruhe, aber sie waren im Bett gewesen, und Robert war durcheinander, fahrig, glücklich und unglücklich zugleich. »Mann, und sie hat Cello gespielt, hier bei euch auf der Terrasse, sie hatte nichts an als ein T-Shirt und saß da in der Dunkelheit und spielte Brahms. Ich meine, vergiß Casals, vergiß ihn einfach, es war unglaublich.«

»Was verstehst du denn von Brahms?«

»Das ist doch scheißegal. Aber ich kann Musik empfinden, das kannst du mir glauben, wie sie dasaß, völlig versunken, und diese Schatten im Garten und diese tiefen Töne, die in die Dunkelheit gingen über den See ins … ich weiß nicht wohin.«

Er hatte mir kaum zugehört, als ich ihm von der Schweiz, Eva Holzinger und diesem Grab hoch über dem Comer See erzählt hatte. Es war wie manches Mal mit ihm, wenn er so weggeschossen war, aus verschiedenen Gründen war er das immer wieder, aber wenn er verliebt war, dann war es am schlimmsten. Ich hätte ihm jetzt auch erzählen können, daß ich mit Eva Holzinger Crack geraucht hätte, und es würde ihn nicht erreichen. Er würde darauf reagieren, aber letztendlich würde es nicht bei ihm ankommen. Aber ich wollte keinen Ärger mehr hier am Pool, ich war selber erledigt, und es hatte genügend Ärger gegeben seit meiner Ankunft.

Gerd hatte mit den beiden auf der Terrasse gesessen, als ich aus der Schweiz zurückkam. Müde vom Fahren, müde von all dem, was ich in den letzten Tagen gehört und gesehen hatte. Gerd saß da mit einer Flasche Bier in der Hand, und Robert sagte gerade, daß er ihnen vom Kriegsende erzählt habe, vom Todesmarsch der KZ-Häftlinge aus Sachsenhausen, der vor den Toren der Stadt endete, und davon, daß die Amerikaner Schwerin einnahmen und die Russen am Stadtrand standen.

Ich sah meinen Bruder an und fragte:

»Wie lange noch, Gerd? Wie lange willst du diesen Quatsch noch machen. Da in deiner leeren Plattenbauwohnung sitzen, trinken und Leuten Dinge erzählen, die sie nicht interessieren? Bis du dich totgesoffen hast? Wem willst du damit was beweisen, Mensch?«

Er sah mich nicht einmal an, stand auf und ging und sagte im Gehen:

»Muß ich mir nicht anhören. Muß ich nicht.« Stieg auf sein Fahrrad und fuhr davon. Die Flasche Bier hatte er mitgenommen. Es war still für einen Moment, und dann sagte Kristina: »Das war nicht besonders nett von dir. Gerd war schon den ganzen Tag hier, und er war es gern.« Dann ging sie ins Haus, und auch ich verschwand und legte mich schlafen, obwohl es erst früher Abend war.

Am nächsten Morgen hatte mir Robert das erste Mal von ihm und Kristina erzählt. Während die Bulgarin im schwarzen Bikini ihre Bahnen im Pool schwamm, redete er. Aufgedreht und hitzig. Von dieser einen Nacht mit ihr. »Sie ist großartig, finde ich. Intelligent, sie sieht gut aus. Und sie liebt Bulgarien, das kannst du mir glauben. Das, was sie uns erzählt hat vor deiner Abfahrt, das ist alles Quatsch. Die politische Lage mag nicht die beste sein. Aber sonst. Sie hat mir von den Rhodopen erzählt, von irgendeinem heiligen Berg und einer Kapelle, die dort steht und einem Tag im Jahr, in dem halb Bulgarien auf diesem Berg ist. Und vier Priester eine Messe halten, die ganze Nacht durch. Sie sagt, daß viele ihrer bulgarischen Freunde nach dem Kommunismus wieder religiös geworden sind. Das gefällt mir selbstverständlich als guter Katholik, auch wenn das natürlich Orthodoxe sind. Aber euch Ostbacken hätte das auch ganz gut getan, nach eurem Honecker.«

»Guter Katholik, daß ich nicht lache. Wann warst du denn das letzte Mal in der Kirche, du Operettenkatholik?«

»Mach dich nur lustig, davon verstehst du nichts.«

Er rauchte und sah versonnen auf Kristina, die sich aus dem Pool schwang und sich in die Sonne legte. Dann seufzte er und sah mich an: »Und das mit diesem Wettbewerb. Das machen wir, wenn wir wieder in Berlin sind. Irgendeinen Scheiß. Eine Schule in Oberfranken oder so. Wir richten uns ein kleines Büro ein, bei mir in der Wohnung. Zwei Tische, zwei Computer. Fertig. Das machen wir. Da hat sie recht.« Er sprang wild hin und her, seine Verliebtheit war kaum zu ertragen, und ich wollte ihm von der Schweiz erzählen, von Eva Holzinger und dieser toten Maria. Aber das war kaum möglich. Er sah mich dann an, hörte eine Weile zu, um mir sofort wieder irgend etwas von Kristina zu erzählen oder was ihm sonst gerade so durch sein verwirrtes Hirn schoß.

Später beim Frühstück machte ich dann diesen Vorschlag mit Ahrenshoop, und die Stimmung bei Kristina kippte wieder, wie am Abend zuvor nach Gerds Abgang.

»Ich möchte mit meinem Vater heute nach Ahrenshoop fahren.«

»Super Idee«, sagte Robert. »Dann könnt ihr euch ja ein bißchen an den Strand legen.«

Kristina sah mich an.

»Wie weit ist das weg?«

»Weiß nicht genau. So hundert Kilometer.«

»Das ist zu weit, Christoph. Es wäre nicht gut für ihn.«

Der Darß war einer der wenigen Orte, von denen ich wußte, daß mein Vater sie liebte. Er fuhr seit über zwanzig Jahren mit meiner Mutter dorthin. Ich kann mich nicht erinnern, daß wir dort einmal zu fünft gewesen wären, also mit Gerd und Astrid. Aber zu DDR-Zeiten habe ich einige Male ein paar Wochen mit den beiden Alten dort verbracht. Damals haben sie sich meistens in einem kleinen Bungalow in Wustrow eingemietet, der auf dem Grundstück einer der wenigen Backsteinbauernhöfe stand, die es dort noch gab. Es war sehr schlicht, Pappwände, nur ein Raum und keine Dusche oder so etwas. Wir haben dort Wanderungen gemacht und am Strand gelegen, und wenn meine Mutter sagte: »Nun spielt doch mal was«, sie sagte es nie zu ihm, sondern immer zu uns beiden, dann taten wir auch das. Fußball oder Frisbee. Ich bin gern mit ihm geschwommen. Er liebte es, in dem immer kalten Wasser der Ostsee zu schwimmen, bis zum Ende der in den Meeresboden gerammten Holzpfähle, die die Kraft der Wellen brechen sollten, bis zum Ende der Buhnen und wieder zurück.

Seit man die Quartiere auf der Halbinsel auch wieder ohne Beziehungen mieten konnte, zogen sie um ins mondänere Ahrenshoop und mieteten sich in eine der alten Pensionen ein, in ein Appartement mit zwei Zimmern und einem Wintergarten mit Blick auf das Meer. Manchmal habe ich sie dort besucht für eine Nacht, und es war eine schöne Art, seinen Urlaub zu verbringen. Schön und altmodisch.

»Ach komm«, sagte ich zu Kristina. »Wir setzen ihn in den Benz. Ob er nun in seinem Bett sitzt oder dort, und dann fahren wir ihn von Ahrenshoop nach Wustrow und wieder zurück. Er hat das immer so gern gemacht, diesen Weg, und du fährst ihn hier doch auch im Rollstuhl spazieren.«

Kristina drückte ihre Zigarette aus und stieß den letzten Rauch hervor.

»Ja, ich fahre ihn hier rum. Das ist richtig. Ich ziehe ihn an, hebe ihn rüber in den Rollstuhl. Kein Problem, er ist ja nur noch sehr dünn. Aber dich habe ich dabei nicht ein einziges Mal gesehen. Du bist nicht einmal auf die Idee gekommen, mir dabei zu helfen oder vielleicht selbst mit ihm spazierenzugehen. Du bist noch nicht mal in seinem Zimmer gewesen, und jetzt willst du ihn hundert Kilometer durch die Gegend fahren und am Strand entlangschieben.«

»Wie soll das überhaupt gehen?« fragte Robert. »Durch den Sand?«

»Das geht schon, unten am Wasser, wo der Sand naß ist, da ist er sowieso am liebsten langgegangen. Und zurück oben auf der Steilküste. So haben wir das immer gemacht. Das Kaffeetrinken in Wustrow können wir ja weglassen.«

Sie halfen mir. Kristina gab irgendwann auf. »Also gut. Es ist dein Risiko und dein Vater«, und sie machte eine Handbewegung, die auch bedeuten konnte – »Du bist der

Boß«. Sie zog ihm einen hellblauen Jogginganzug an. Mein Vater hätte das Haus niemals so verlassen, und er hat Witze gemacht über Leute, die so etwas außer beim Sport trugen. Aber in diesem Aufzug schob Kristina ihn wohl auch am Schweriner See entlang. Als er auf Roberts und meinen Händen saß, seine Arme lagen auf unseren Schultern, da lächelte er sogar. Ein schiefes, kurzes, abwesendes Lächeln.

Es war kein Problem, ihn in das Auto zu bekommen. Die Rücklehne des Beifahrersitzes drehte ich etwas nach hinten, so daß mein Vater eine Position einnahm, die eher ein Liegen als ein Sitzen war. Sein Blick ging dadurch unter das Autodach, aber es schien ihm nicht unangenehm zu sein. Und ich war froh, daß auch Robert und Kristina sehr selbstverständlich hinten einstiegen. Wir hatten nicht noch einmal darüber gesprochen, aber es schien klar für sie zu sein, daß sie mitkamen. Der Bulgarin war keine Verliebtheit anzumerken, es gab keine Gesten oder Küsse oder irgend etwas, das eine Veränderung ihres Verhältnisses zu Robert andeuten würde. Ich war aber vielleicht auch nicht aufmerksam genug, um so etwas zu bemerken.

Wir fuhren so aus der Stadt hinaus, vorbei am Krankenhaus, in dem mein Vater viele Tage gelegen hatte, durch Zickhusen, wo er das Brot holte, Richtung Wismar durch das Dorf Mecklenburg, in dem er meine Mutter kennengelernt hatte, und später würde Rostock kommen, seine eigentliche Heimatstadt. Die B 106 war seine Straße, und mir ist das vorher noch nie aufgefallen.

Robert plapperte hinten über die Schönheit Mecklenburgs und Schwerins, darüber, daß der Menschenschlag ihm so vertraut wäre, daß er ihn an seine Westfalen erinnern würde, mit ihrer Brummeligkeit, und ich sah im Rückspiegel, daß er ihre Hand halten wollte, daß er sie tätschelte, wie bei jedem Mädchen, in das er verliebt war, und wie sie sich ihm entzog und aus dem Fenster sah.

Wir kamen gut voran durch die Alleen, das Getreide stand hoch, und roter Klatschmohn und blaue Kornblumen blühten an den Felderrändern. Wir hatten Dorf Mecklenburg passiert, und ich hatte selbstverständlich an der Mühle gehupt und den beiden die Geschichte des Kennenlernens meiner Eltern erzählt. Wir haben gelacht, und dann sah ich es. Bei einem flüchtigen Blick auf meinen Vater sah ich einen großen dunklen Fleck auf seiner Jogginghose und sagte: »Was ist das?«

Kristina beugte sich etwas vor: »Pisse, würde ich sagen.«

Ich hielt am Rande eines Weizenfeldes, stieg aus und lief in die schwankenden Ähren hinein. Man konnte Wismar schon sehen. Der Turm der backsteinernen Marienkirche. Die Stadt, in der mein Vater ein Lehrer gewesen war für andere. Ich drehte mich zurück zum Auto und sah, wie Kristina vor der Beifahrertür neben meinem Vater hockte und den Katheter wohl wieder an den Urinbeutel stöpselte. Dann stellte sie sich neben Robert an den Wagen, und sie sahen rauchend in meine Richtung, so wie man einem Kind hinterhersieht, das ein Stück ausgerissen ist, ohne daß man wirklich Angst um es hat.

Mir kamen die Tränen. Ich blieb dort hocken zwischen den Weizenähren, legte mich auf den Rücken und sah heulend in den Himmel, für ich weiß nicht wie lang. Dann ging ich zurück, Kristina sah mich nicht an, ich startete den Motor und blieb unbeweglich sitzen, und Robert sagte: «Komm, ist gut jetzt, fahr zurück.«

Das Wasser im Pool war noch warm von der Hitze, die über Europa hing wie ein Fieber, gegen das man nichts tun konnte und das die Grenzen fließend machte. Robert planschte mit den Füßen im Wasser und zog an seiner Zigarette. Er hatte noch nicht einmal darin gebadet, ich habe ihn in all den Jahren vielleicht zweimal baden sehen, und es paßte irgendwie auch nicht zu ihm, zu seiner Person.

Er hatte mir geholfen, meinen Vater wieder in sein Bett zu legen. Der machte, als er die Kissen berührte, ein kehliges Geräusch, das so ähnlich klang wie jenes, das ich bei der Beerdigung seiner Mutter gehört hatte, und ich hatte Angst um ihn, Angst, daß er sterben könnte an dieser unsinnigen Ausfahrt. Wir zogen ihn um, und Kristina wusch ihn, und ich stand daneben, und irgendwann schob sie mich aus dem Zimmer.

»Was sind das für Leute, die jetzt hier leben?« fragte Robert und deutete in die Nacht.

»Ich weiß es auch nicht, Robert. Das hat sich alles geändert. Die Leute in meinem Alter sind weggezogen, überhaupt sind viele hier weggezogen. Viele aus dem Westen sind dazugekommen, ein paar Leute wie meine Eltern sind geblieben. Die Villen am See, na ja, das hast du ja vielleicht gesehen. Sie sind alle renoviert bis zum Gehtnichtmehr. Früher waren sie grau und verfallen und wirkten oft erbärmlich, aber dieser Zuckerbäckerstil ist auch nicht meins. Es ist mir fremd geworden bis auf den See und die Straßen, das Haus meiner Eltern. Vielleicht ist das auch gar nicht schlimm. Meine Schule ist jetzt eine Waldorfschule. Sie haben die alte Kiste sogar ein bißchen umgebaut und grün gestrichen. So sieht es aus.«

»Und was wirst du machen mit der Schweiz, mit deiner toten Schwester, deiner Mutter, deinem Vater.«

»Keine Ahnung. Was würdest du machen?«

Er steckte sich noch eine Zigarette an.

»Schwierig. Warum bist du nicht mit hochgegangen zu dieser Kirche?«

»Um was zu sehen, Robert? Dort gibt es kein Grab mit einem Stein und einer Inschrift. Ich hätte wieder nur vor etwas gestanden, das ich nicht gesehen hätte und an dem ich im schlimmsten Falle Zweifel gehabt hätte. Das wollte ich mir ersparen. Es war genug.«

»Ja, vielleicht hast du recht. Aber ich hätte das sehen wollen, glaube ich.«

»Und was wird nun mit dir und Kristina?«

»Auch schwierig. Ich habe sie nach Berlin eingeladen. Sie hat ›vielleicht‹ gesagt. Sie ist so scheu, seit neulich abend. Ich versteh das nicht. Da war sie gar nicht scheu.«

Er war ratlos, so lange, wie ich ihn kenne, war er ratlos, wenn er verliebt war. Aber das schien ihm dann auch immer egal zu sein. Es war fast so, als ob er diese Ratlosigkeit, diese Unmöglichkeit in der Liebe suchte, als wenn das die Liebe für ihn war.

»Es ist ...« Er brach seinen Satz ab, weil die Bulgarin mit drei Weingläsern auf uns zukam. Ihre Haare waren noch naß vom Bad zuvor, und sie war die einzige, die mir hier selbstverständlich vorkam. Vielleicht konnte man in Häusern wie diesen nur so wirklich leben, sie nur so nutzen, für einen Moment und geliehen.

Sie setzte sich, gab jedem ein Glas, stieß mit uns an und sagte: »Prost, ihr Helden.«

Wir tranken, und nach einer Weile ließ ich sie sitzen in ihrer Schweigsamkeit, damit sie bereden konnten, was sie wollten oder eben nicht. Ich ging in das Haus, in das Haus meiner Eltern, das immer noch vertraut roch und das irgendwann mir und Gerd und Astrid gehören würde. Und was wir dann wohl damit machen werden?

Ich ging in das Zimmer meines Vaters. Er lag mit

offenen Augen, die auf das Fenster gerichtet waren, und er bewegte den Kopf nicht in meine Richtung, als ich eintrat. In zwei Tagen würde meine Mutter wiederkommen. Meine Mutter, die die Welt von ihm weggehalten hat und ihn von der Welt. Ich setzte mich neben ihn und sah aus dem Fenster auf die Laterne. Meinen Kopf auf die Rückenlehne des Sessels gelegt, schloß ich die Augen und begann von der Schweiz zu reden, von Eva Holzinger und seiner toten Tochter und ihrem Grab über dem Comer See. Ich tat dies sehr langsam und ausführlich, und später erzählte ich ihm dann auch von mir selbst.